北辺の地の点描 II

七つの物語

野上勇一 NOGAMI Yuichi

文芸社

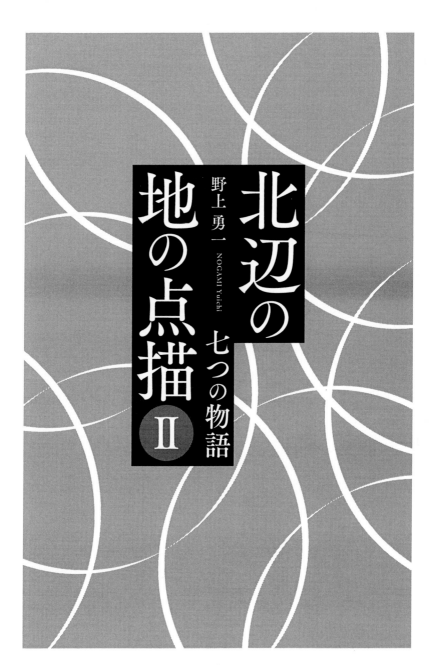

目　次

思惟遊技　3
黒傷心の時　19
幼き人　31
恋の悪戯　53
海の色　71
或る性心象　97
棲みしもの　127

思惟遊技

イエローアウト

オホーツク海から防風林に囲まれた畑地に間断なく強風が吹きつける。

ここは網走側の知床半島つけ根の台地である。北に細長くのびる知床半島は、中央にウナベツ岳などの山脈が走り、半島を西と東に隔てている。半島の西側ウトロは網走、稚内、さらにはサハリンに通じている。そして東側の羅臼は根室、北方領土、カムチャッカに通じている。ここウトロは五月中旬とはいえ冬期間、流氷で一面が覆われるオホーツク海を吹きすさぶ、知床半島の風は冷たい。その風は低い海面から、小高い丘陵地帯に吹き上げてくるのだ。瞬間、樹木が大きく揺らぎ、樹々がざわめいた。台地に広がる畑地を区切るように、百数十メートル間隔で植林されたカラ松の防風林が、強風で激しく揺れたのだ。その防風林は際だった緑色の木立となっている。畑地を被っている大量の火山灰が、宙に舞い上がった。乾燥したその畑地の火山灰は黄ばんで、まるで砂漠の砂の様相を呈している。強風が吹きつける度に、北出哲は畑作業を中断して畑地にかがめた体をよろめきながら、膝と腰を伸ばして立ち上がった。周囲の視界が火山灰の黄一色で遮られた。ふと北出哲は我を忘れて立ちつくした。そのとき彼は、防風林の唸るようなざわめきから逃れたいという思いに駆られた。そのざわめきは、彼に二十数年前の難産による妻の死を想起させたからだ。彼は妻の死を思い出す度に後悔に苛まれた。それというのも、当時いくら生活が困窮していたとはいえ、妻の出産に街から助産師を呼ばなかったからだ。難産で悲痛な叫びを訴える切なうめき声が、強風で唸るような防風林のざわめきを切り裂いて、空に響いた。その防風林の轟音の包囲の直中《ただなか》に立ちつくしていた。

今、彼を占めているのは黄砂と防風林のざわめきと、強風の轟音のみである。その轟音が、妻の叫びに重なるのだ。たった今、自宅前の畑地で農作業をしていたことも彼は失念し不意に、自分は何者だろうかという想いが脳裏を掠めた。そのときだった。彼は砂漠を想起した。それも彼にとっては未知の中東シリアで吹き荒れる、砂漠の砂嵐である。

同時に彼は、妻が命がけで産んだ一人娘の風子に思いを馳せた。前年の秋、当時まだ東京の私大に在籍していた風子が突如失踪したのだった。日本を離れる直前に風子が投函したハガキには、「……私のゼミの担当教諭はアイシルのメンバー。私はそんな彼に惹かれ、そして深く敬愛し、妻として彼と共にイスラム国の建国に向けて日本を出国する……」旨の記載がされていた。そのとき北出は一瞬、風子の身の上に何が生じたのかと戸惑った。アイシルと言えば中東に拠点を置く国際的なテロ組織集団ではないか。北出がそう思ったとき直ぐに、風子が直面しつつある信じ難い状況が彼にじわりと迫ってきた。同時に、北出は強烈な喪失感に襲われた。北出はすでに妻を亡くし、一人娘の風子を失いつつあり、言いようのない孤独感を覚えたのだ。そんな失意の中で、北出が大学から入手した情報では、風子の相手の教職員はその大学の臨時講師だった。イギリス国籍を有する彼の祖父は、イラクから移住してきたという。北出は大学のほか、外務省などにも風子の消息について問い合わせたが、風子の消息は途絶えたままだった。風子は砂漠の砂嵐に抗しきれるだろうか、と北出哲は風子に思いを馳せた。いつの間にか風が弱まって周囲の視界が開けていた。彼の眼の前に古びてみすぼらしい家屋があった。それは彼の自宅である。近隣の人家は畑地に林立する防風林に阻まれて視界から遮断されている。ただ黄色い火山灰の剥き出しになった畑地が累々と続いているだけである。その黄色い畑地の周囲は緑色になった雑木林の山林が、遠い山の麓まで続いている。彼は不意に寂寥感に駆られた。彼は妻に先立たれ、風子を失い、僅かな畑地の貸付賃料だけで細々と暮らしている自分に想い至ったのだ。彼はそんな想いを振り切るようにまた地面にしゃがみ込んで畑作業に取りかかった。

ホワイトアウト

新年になって三日経つが、北出哲の日常は普段となんの変わりもなかった。六十代半ばをすぎた彼の生活は経済的に貧しい日々の連続である。彼はずっと以前に離農していた。彼は家の周囲の畑地で自家用の野菜を栽培した。そして日々の収入は、近隣の農家の繁忙期に出稼ぎ農業作業員として得る賃金である。その他、さほど広くない彼所有の農地を近隣の農家に借りてもらい、その賃料で暮らしていた。つまり彼は近隣の農家に依存し、細々と生計を立てていたのである。小雪が舞っていたその日の朝、集落の新年会が催された。場所は北出哲の家から四百メートルほど離れた隣家である。

生活の糧を近隣の人々に依存している北出哲はなんとなく遠慮がちになるのだった。その新年会では年一回ほどで酒をふんだんに飲み、皆声高らかに笑いあうのだった。ときには酒に飲まれて、仲間同士が喧嘩腰になることもある。その日は北出哲が仲間の一人から集中攻撃をあびた。風子が中東へ出国したことである。風子の出国はいつのまにか集落では周知の事実となっていた。

「北出、そもそもお前がアイヌの娘と一緒になったのが間違いの元だ。だからお前の娘が殺人集団の仲間入りして出国したのだ。お前は馬鹿だ。少しは反省しているのか……」北出に対する激しい言葉に、周りの皆も同調するような雰囲気が漂っていた。

北出は激しい怒りが体のうちからこみ上げてきた。彼は黙って外套を手に取ると戸外へ飛び出した。外は思いがけずも大吹雪になっていた。狭い農道を海から吹き上げてくる地吹雪が蛇のようにくねくねとうねって吹き荒んでいた。彼はよろめいた。彼は亡くなった妻を思った。炭焼き作業員の貧困家庭で育った妻は明るく笑顔の絶えない娘だった。色白で大きな黒い瞳が北出を魅了した。アイヌとはいえ愛らしい娘に恋をし、妻にしたのがどうして悪いのか。という強い思いが彼を貫いた。娘の風子も妻にそっくりである。強風が吹きつけるたびに歩行が阻まれた。強風のうなり声が響く吹雪の夜、彼はよく夢を見る。それは妻の夢である。彼女はいつも愛らしく、そして妖艶だった。しかも、体一体が真っ白だった。そしてそれは若くして死んだ彼の妻そのものだった。目覚めて彼は、雪女だと思った。それは妻、そして妻によく似た風子の化身である。アイヌの血を引く彼女たちがなぜ雪女なのか分からない。今彼は雪女たちに会いたいと思った。自分の中で雪女にふさわしいと思われる風子がなぜ砂漠の中東に行ってしまったのだろうか。風子はアイヌである彼女の祖父からアイヌの生き方を学んだという。そんな中で風子は倭人である北出哲に反抗心を育てていた。倭人がアイヌを武力で制圧し、土地や住まいを奪い、理不尽な支配をしたという歴史的事実を、北出哲は否定することができない。風子はいつしか倭人の支配から真に解放された、アイヌの世界を夢見るようになっていた。そんな中でなぜ、風子はアイシルに惹かれるようになったのだろう。祖先が中東出身の若者がイギリスをはじめとするヨーロッパから多数参加したという。風子はその若者たちと共感する何かを得たのだろうか。アイシルは本当にテロ集団なのか。そう思って彼は身震いをした。いつのまにか猛吹雪が彼の体を凍えさせていたのだ。吹雪の轟音が鳴り響き、視界は失われていた。手足は凍え、頭が凍り付くように強張っていた。雪は膝まで積もり、長靴の中に雪が入り込んだ。彼の酔いも覚めて、ただふらふらと歩いていた。その時彼はアフガニスタンのタリバンを思い浮かべた。タリバンはアイシルに近似しているのだろうか。二十数年前、タリバンはテロ集団としてアメリカ軍に支配され、アメリカ主導のいわゆる民主国家が、アフガニスタンに建国されたという。しかし今ではそのいわゆる民主国家が崩壊し、再びタリバンによる国家が打ち立てられた。これは何を意味するのだろうか。非人道的といわれているタリバンが、なぜ再びアフガニスタンに蘇ったのだろうか。その時彼は、二十一世紀の今になっても世界にはびこる独裁的な支配者に支配されている国家を想起した。その独裁的権力者たちはアジア、アフリカ、中東、ユーラシアなど、世界各地に君臨している。例えばノーベル平和賞を受賞した自国民を投獄の上獄死、他国の軍隊を呼び寄せ自国の民来を弾圧、自己の権力保持のため自国民を殺害、自己保身のため異母兄を殺害、チベットなどの少数民族の奴隷化、政治的対立者を不当にも拘束、さらには国際ルールを無視した他国への侵略など、様々な様相が彼に迫ってくる。そのときふいに、脳裏に真っ赤な火の海が浮かんだ。それは日本軍の敗戦が目前に迫っているのにもかかわらず、日本軍とは無関係の数十万人の子供や女性を含む、善良な市民の命が失われた広島と長崎の原爆投下である。アメリカの人々の半数は今でも、原爆投下を支持している。これが自由で民主的な国家といえるのか。これは犯罪なのではないのか。彼は歩けなくなってうずくまった。意識がもうろうとした中で、彼の想念は続く。北出が思う世界の中の悪しき支配者がさらに次々と浮かんでくる。その悪しき支配者は真に悪なのだろうか。なぜならその地域において彼らの圧倒的な支持者が存在している。世界中の誰もがその悪と思われる行為を罰し正すことができないのだ。その域内個人的殺人が犯罪とされても権力者の個人的視点から見た犯罪的行為は正当化されている。なぜなのだろうか。権力そのものが正義なのだろうか。風子が心酔するアイシルは本当に彼らよりも邪悪なのか。凄まじい風と吹き付ける雪に、彼はふと目覚めた。北出哲は体の感覚を失って、真っ白い世界の中へ体を委ねた。その時彼は夢現《ゆめうつつ》の中で「しっかりせよ。目をさませ」という聞き覚えのある声で呼ばれたような気がした。

ブラックアウト

震度七の地震の被害で地域一帯が停電になっている。夜の室内の照明はローソクの灯りのみである。テレビも見られない、新聞や本も読めない、電話も使用出来ない夜が二晩も続いた。ローソクの灯りだけの室内で一人、北出哲は孤立感を覚えていた。彼は気を紛らわすように日本酒を口にした。一升瓶からガラスコップに注いだ冷や酒である。彼はそのコップ酒を一気に飲みほして外に出た。外は真っ暗である。空には月や星の光は皆無である。ただ、だだっ広い農地のど真ん中にポツンと建っている一軒家の我が家の窓から、ローソクの灯りが漏れているだけである。時々風が吹いて遠くの防風林がざわめくが、その姿は全く見えない。とにかく果てしない闇が彼を包み込んでいるのだ。北出哲はこの果てしない闇の直中で果てる自分自身を思った。祖父が広島から国後島へ、さらに父が敗戦で国後からこのオホーツクの地へやって来た。そこでこの地で自分は命を終えることになる。自分の命を繋ぐであろう一人娘の風子は、もう他界しているだろう。これまで思いも及ばぬ遠い過去から奇跡的に引き継がれてきた自分自身の姓名はここで途絶し、永遠に深い闇に消滅するというのだろうか。いいようのない不安感に彼は襲われた。彼は途轍もない暗闇から逃れるように、細々とローソクの灯りがともる部屋に戻って、またコップ酒を煽った。そして自分は何者なのであろうかと思った。自分が誕生したのは幾世代もの男女の交合の結果である。それは精子と卵子の結合の結果である。その精子と卵子はどのようにして生成されたのであろうか。多分それは動物や植物の摂取の結果である。その動物や植物はどのようにして生成されたのだろうか。彼は思った。このオホーツク海に挑む丘陵地帯はわずか人家が六戸。自分はその一人にすぎない。自分が生息しているこの丘陵地帯の気候は、殆どオホーツク海に支配されている。このオホーツク海は一体何者なのであろうか。毎年一月末にはオホーツク海から流氷が漂着する。その漂着した流氷の上にオホーツクの雪が降り積もり、海面が雪と氷で覆われて、海の原形をとどめずあたり一面が雪原となる。そして三月になると雪と氷が溶解し青い海原を真っ白な流氷が漂い、時には蜃気楼となってロシア地方の建物が逆さまに映し出されることもある。その流氷にはおびただしい数の植物プランクトンや動物プランクトンが付着している。そしてその流氷が溶解した後に、海が荒れて、それらのプランクトンがオホーツク海でないまぜとなり、栄養豊かな海域となる。その結果、春には様々な小魚がプランクトンを求めてやってくる。さらにはその小魚のほかに、ホッケやカレイ、鱈やサケマス、チカ、イカ、タコ、ホタテ、カニ、スケトウダラなどが豊富に出現する。そしてさらには鯨の群れが、シャチの群れがやってくる。その他アザラシさえも出現する。また陸上では山頂から海に流下する河川に、ヤマメやイワナやイトウが生息し、秋には海から鮭が遡上する。さらにはその秋鮭を求めてひ熊が出現する。もちろん森にはエゾシカ、野うさぎ、北狐、りす、アオダイショウ、鼠、しま梟、イタチ、きつつき、かっこうなど豊富な動物が生息している。天空には鴎はもちろん、鷹や大鷲、尾白鷲、からす、シジュウカラや雀など多種多様な小鳥も生息している。彼は自分がこの知床の地において、なんと小さな存在であることかと思った。知床の地においてそのように思い立ったとき、彼は自分の存在について何者なのだろうかと思った。思えば海の水は血液と同じ成分だという説もある。彼は思った。自分はこの知床の地の中でほんの一点を占める存在なのかもしれない。そう思って彼は孤独感を振り払うようにして表に飛び出した。すると意外にも外は明るかった。それは月明かりではなく満天の星明かりであった。空一面を覆っていた雲を風が運び去ったのだろうか。彼は思った。生殖、動物植物、プランクトン、その根元があの星明かりである。彼女らはこの地球の中に溶け込んでいるのだ。地球は天空に輝く星座の一部として宇宙を構成しているのだ。彼女たちは地球としての星に溶け込んで、天空の星座の光と一体化しているに違いない。否、やはり彼女たちの魂はもうすでにあの星の中にいるのだろうか。自分の死後、肉体が地球に溶け込み、一体となったとしても、今自分が感じる感情、思いはどこに行くのだろうか。彼は思った。妻の死と引き替えに風子が誕生したとき、数ヶ月間風子は殆ど眠りについたままであった。そこに風子の感情や思い、つまり心の動きを見届けることはできなかった。その時風子は、永遠の眠りについた妻の世界を彷徨っていたのだろうか。自己表現に芽生えた風子と自分の思いを交換するようになったのは相当な時間を要した。これは肉体に根ざした心、つまりは魂の活動である。その時北出は、吹雪の夜に雪女の化身となって現れた真っ白な妻を思い浮かべた。あれは彼女の魂そのものではなかったのか。この魂の所在はどうなのであろうか。この魂の存在は科学ではなく、やはり神の領域なのではないのだろうか。そう思って彼は自分の魂もいつかあの星空の中に溶け込むことができるだろうか、と祈るような気持ちになった。もし風子が他界しているというならば、彼女は妻とともにあの星空のどこかに存在しているはずだ。

黒傷心の時

少年、敏行の父は冬になると農民からきこりに変身する。畑作営農だけでは食えなかったからだ。ここはオホーツク地方の畑作地帯、しかも昭和二十年八月の敗戦後に、外地から入植した貧しい開拓農家の集落である。昭和二十七年、敏行は小学六年生になっていた。

だが敏行たちの一家は未だ敗戦の傷跡が癒えぬ貧しい日々と格闘していた。家族は敏行と父の正三、それに母の良子の三人だけである。それなのにいつも正三や良子が身を粉にして働いているにもかかわらず、なぜ暮らしが一向に楽にならないのだろうか、と少年の敏行には不思議でならなかった。

冬、朝まだ明けぬ暗いうちに少年の父、正三は家を出る。行く先は少年の家から四キロほど離れた山林の伐採現場だ。毎朝、正三の出掛けに少年の母、良子は神棚に供えてある一升枡に入った大豆まめ三粒を彼に黙って渡す。正三はそれを口にぽいと放り込んで「パバリ」と音を立てて噛み砕く。大豆まめは節分の日に煎って神棚に供えたものだった。

山林伐採には危険が伴う。たった三粒の大豆まめに正三の無事を祈る家族の気持ちが込められているのだ。

そんな冬の日曜日の早朝、少年は母の良子に必ず呼び起こされる。

「敏行、もう起きなさい」

良子の大声に敏行は反射的に蒲団から起き上がった。瞬間、零下にもなっている部屋の冷気が敏行の目覚めを確かなものにする。戸外はまだ暗い早朝である。日曜日には小学六年の敏行も正三のてことして伐採現場に駆り出されるのだ。敏行が駆り出されるときは彼の愛犬タロも一緒である。敏行は正三に連れられていつも夜明け前に家を出る。伐採現場までは数戸のみすぼらしい開拓農家が点在している。敏行の家もそのうちの一軒である。

冬の真っ只中、雪ですっぽり覆われた集落は暗く寒々としている。それにオホーツク地方の夜明け前は酷寒である。海は流氷に埋め尽くされ肌を刺すような海風が吹き抜ける。それは頬が強張り凍てついてしまうかのような寒風である。家を出て黙々と歩んで行くと直ぐに人家が切れて山道に入る。人の足跡しか無い細い雪道をタロ、正三、敏行の順に一列になって小高い丘を越えて伐採現場の山林に向かう。

その間、大型犬の真っ黒なタロは嬉々として尻尾を左右に振り、一行の列を行きつ戻りつ風と雪で足跡が消えかけた雪道を先導する。敏行の村には数匹の犬しかいない。戦後の食糧不足で犬に食わせる餌が勿体ないというのだ。だがタロは敏行にとって自慢の愛犬である。何処の犬よりも大型で力強く敏行に懐いているのである。

そんな雪道を歩みながら正三は思い出したように時々立ち止まりズボンのジッパーを引き下ろし腰を屈めて股間に手を差し入れる。まだ三十代後半だというのに正三は痔が悪く、悪化しかけた脱肛を体内に押し込めているのだ。敏行はそんな正三の姿が堪らなく嫌だった。それでも敏行は正三を誇らしく思っている。鋸と手斧だけで大木に立ち向かう正三のきこりの腕前は村一番だったからである。鋸と手斧で大木を切り倒すとき、正三は雪の上に腰を下ろして作業をする。それでさらに正三の脱肛が悪化するのだという。正三は尻の下に敷く毛皮が欲しいと時々口にしていた。そんな毛皮は木材の伐採作業に携わる村の男たちの殆どが腰に吊るしていたのだった。

正三が伐採する山の斜面の立木は大抵は半日もかかる大木である。正三はまずその大木の周りの雪を踏み固める。そして雪で埋もれた周囲の芝木を掘り返し、それを集め一箇所にまとめて積み重ねる。さらにこれらの芝木に使い古した座布団を被せて、正三がその上に腰を下ろし鋸を引く。大木を切り倒すのだ。鋸を引き始める前に正三はよく「熊の毛皮でも尻に敷いたら痔も少しは楽になるんだが」と呟いていた。

長時間をかけてやっと倒木の瞬間を迎える。そのとき決まって敏行は緊張した。同時に倒木の瞬間の荘厳な有様に畏敬の念にも似た感動が敏行を貫いた。山林の斜面に天高く直立していた大木が「バリ、バリ、バリー」と辺りの空気を震わし大音響を響かせる。そしてその大木が山の斜面に沿って下方の空中に飛び出すのである。一瞬、宙を舞った大木が雪煙を空高く舞い上げて「バーン」と横転する。それは山の静寂を揺るがす緊迫した一瞬である。その瞬間、真っ黒なタロは慌てふためいて腰まで雪に埋もれながら山頂方向に夢中で駆け逃げ惑うのだ。正三がそんなタロを見て「まるで小熊みたいだな。可愛い奴だ」

と言って笑うのだった。

タロは敏行が小学三年のときに正三が何処からか拾ってきた。生まれて間もない小さな犬だったが、その子犬は思いがけずも並外れた大型犬だった。最近では大型犬のタロが食べる餌の量が多くなりタロは何時も腹を空かしているようだった。敏行の家にはタロに充分餌を与えるだけの余裕が無かったのだ。それで敏行は麦飯にみそ汁をぶっかけた彼の食事を半分残して、正三や良子には内緒でこっそりとそれをタロに与えていた。食糧不足で犬のタロだけでなく敏行たち家族の三人とも全員が痩せ細っていた。

「自分の飯はきちんと食え。タロにはやるな。栄養失調になるぞ、目玉だけぎょろつかせて」

敏行の振る舞いを見かねて時々正三が叱責を飛ばした。それでも敏行は正三の目を盗んでタロに彼の食事を分け与えていた。

そんな冬のある日だった。敏行には掛け替えのないタロが突然いなくなったのである。

学校から帰宅した敏行は夢中になってタロを探し求めた。勿論、敏行は正三や良子にもタロの行方を尋ねたが、結局、タロの行方は分からず仕舞だった。その日からタロの餌を入れていた丸い真鍮の器が風に吹かれてカラカラと虚しい音を立てて転がっていた。敏行の心にぽっかりと穴があいてしまった。

タロが行方不明になってから三週間ほど経ってからだった。正三が真っ黒な敷皮を腰のベルトから尻に吊り下げていた。正三は熊の敷皮だと言った。

「これで痔の悩みも少しは軽くなる」

と正三は満足そうだった。

そしてその数日後、学校の帰り路に敏行は隣家の山中小父さんに呼び止められた。隣家といっても山村の集落だから敏行の家からは二百メートルほども離れている。その山中さんは副業に狩猟を営んでいて、山中さんの家の中にはいつも狐や野ウサギなどの毛皮がぶら下がっていた。それで敏行は滅多に山中さんの家を訪れることはなかったのである。そんな山中さんは口髭を蓄えていて、たまに会ってもいつもにやにやしていた。

「どうだね、タロの毛皮は。立派に仕上がっただろう。わしの腕もなかなかのものだろうが」

突然の山中さんの言葉に敏行は事情が飲み込めずにただ彼を見詰めていた。怪訝そうな敏行の様子に、はっと気がついたように山中さんは慌てて手を振った。

「違う、違う。正三さんに頼まれたんだって」

山中さんは困惑の色を浮かべてしきりに敏行に弁解した。正三に頼まれて彼がタロを屠殺してなめし皮にした、というのだ。思いがけないタロの顛末に敏行は一瞬立ち眩みを覚えた。目の前が暗くなるほどの衝撃を受けた。心臓の鼓動が激しく鳴って息苦しくなった。

気がつくと敏行は夢中で家に向かって駆けていた。駆けながら涙が溢れ嗚咽が漏れていた。

家に着くなり敏行は蒲団に潜り込んで泣いた。敏行の様子に驚いた良子が心配して声をかけてきた。敏行は返事をしなかった。戸外が真っ暗になってから正三が山から帰ってきた。

正三が居間に足を踏み入れるなり敏行は蒲団から飛び出した。そしていきなり正三に飛びかかった。

「馬鹿、馬鹿。嘘つき。鬼。父さんなんか大嫌いだ」

と敏行は拳で正三の胸を打ち続け喚き散らした。正三の腰には敷皮に変わり果てたタロの毛皮がぶら下がっていた。敏行の狂ったような抗議に正三は敏行のなすがままにされていた。そのとき一瞬、敏行は伏し目がちになっていた正三と目が合った。いつもは厳しい正三の目が寂しそうに敏行を見詰めていた。


翌日、正三は山仕事を休んで遠方の街に出かけていった。冬の間、雪で閉ざされた村道はバスも通っていない。だから敏行たちが住んでいる集落から街に出かけるのは徒歩で一日がかりである。正三は夕方になって街から帰ってきた。正三は敏行を見るなり、

「敏行、全部食え」

と紙袋を敏行の前にどさりと置いた。正三が紙袋を開けた。紙袋にはどら焼きがぎっしりと詰まっていた。どら焼きは敏行たちが滅多に口にすることの出来ない焼き菓子だった。敏行は思わずそのどら焼きにさっと手をのばし頬張ってしまった。その途端、なぜか敏行の目に大粒の涙が溢れぽろぽろとこばれ落ちた。涙は止まらなかった。

それでも敏行は涙を手で拭いながら貪《むさぼ》るようにどら焼きを食べ続けた。

あの掛け替えのないタロが無惨にも黒い毛皮にされてから、敏行は何年たっても不意に自責の念に駆られることがあった。自分はあのとき、何故どら焼きに手をのばしてしまったのだろうか、それに自分のタロに対する思いはそんな軽薄なものだったのだろうか、と敏行にタロへの思いが様々に蘇ったのだ。

今、敏行は四十代半ば、彼が少年の頃に過ごしたあの貧しい開拓農家の集落はもう跡形も無い。開拓農家が離農した跡地は荒れ放題の雑木林に変貌している。そして今や敏行はタクシードライバーで一児の父親となっている。そんなとき、敏行はふと周囲が愛玩用の犬で溢れていることに気がついた。チワワ、シーズー、マルチーズ、トイ・プードル、ポメラニアン、シベリアン・ハスキー、ゴールデン・レトリバー、スコッチテリア等々、雑種を含めて多くの人々が犬と触れ合っている。周囲はいつの間に豊かになったのだろうか。日本全国における犬の飼育は今や一千万匹を超えると言われているのだ。それで敏行は時々子供から犬を飼育して欲しい、とせがまれることがある。だが、敏行にはどのような犬も飼育することは決してあり得ないのだ。

幼き人

一

昭和二十七年二月、北丘英之が小学六年生のとき弟の星夫が誕生した。その前日の夜八時過ぎだった。英之が乗った馬橇《ばそり》が凍てつく雪道を駆けていた。馬橇を操る手綱を握っているのは英之の父の泰蔵である。ここ緑野の集落は敗戦でまだ物資が乏しいオホーツク地方の片田舎だった。緑野から街に向かう雪道は砂利道の国道で、冬期間は除雪機による排雪は皆無である。それで冬期間は車の交通は途絶している。だから、冬期における緑野の交通は人馬のみである。緑野は開拓農家が点在する集落である。英之たちは緑野のそんな雪道を馬橇に揺られているのだ。馬橇は彼等の家を出発してから小一時間、清美峠にさしかかっていた。英之の家から街までは約十キロの道程で、清美峠はそのほぼ中間地点である。昼間なら清美峠から知床連峰が望めるのだが、夜間は峠の裾野に広がる街の灯りが幾つか見えるだけである。午前中、吹雪模様だったせいもあって清美峠の頂上付近は雪が深かった。

「思ったよりも雪が深いな」

泰蔵がぼそっと呟いた。馬橇を曳く馬の足が膝上まで雪に埋まってしまうのだ。時々、孕んでいる馬の腹が吹き溜まった雪につかえそうになった。孕んだ馬は深雪に体力を消耗し、凍てつく寒さにもかかわらず馬体全身が汗で濡れていた。馬橇を曳いて駆け続ける馬体が大きな息づかいを立てて苦しそうだった。泰蔵はそれでも気難しい顔つきで馬を追い立てている。英之は馬が流産でもしたら大変だと思った。

「父さん、そんなに追い立てたら、馬が流産するよ」

馬の手綱をさばいていた泰蔵が険しい目つきでギョロリと英之を見た。

「馬鹿、母さんと馬と、どっちが大事なんだ」

真顔の泰蔵に英之は思わず身を堅くした。一瞬、沈黙が二人を支配した。英之は急に母のことが心配になった。

早朝、母の松江に陣痛が襲ってきた。直ぐに松江が苦しみ始めたので、慌てて隣家の六十過ぎのサダさんにつき添いを頼んだ。松江はサダさんの介護のみで弟を出産する予定だった。だが、日が暮れても松江の陣痛は続き出産する兆候は認められなかった。

「これは酷い難産のようだね。万が一のため、街の助産婦を呼んだ方が安心だね」

とサダさんが泰蔵に言った。それで英之たちは家から十キロほど離れた街まで助産婦を迎えに行く途中だったのだ。

「母さん大丈夫かな」

「大丈夫、サダさんがついている」

泰蔵がきっぱりと断言した。馬の上には人が乗りやすいように箱形の木枠を乗せその中に敷き蒲団を敷いてある。そしてその敷き蒲団に湯たんぽを乗せ、さらにその上に毛布と掛け蒲団を被せて保温している。英之は下半身をその蒲団の中に潜り込ませているので寒いことはない。ただ、北風をまともに受ける顔面だけが強張るほど冷たいのだ。英之たちがそんな馬橇に揺られて清美峠を下り始めたときだった。泰蔵が英之に大声で話しかけてきた。

「おい、英之、見ろよ、凄い星空だ」

泰蔵の言葉に英之は夜空を仰いだ。瞬間、降り注ぐような星空に英之は圧倒された。

それは無数に輝く満天の星だった。二月の凍てつく夜空に天の川も煌めいていた。夜空の煌めきは清美峠の眼下に点灯する街明かりよりも強い光を放っていた。

「父さん、あのどれかの星から、赤ちゃんがやって来るんだよ」

英之の声は弾んでいた。

「そうかもな」

泰蔵は笑った。

「だから、これまで見たこともない、こんなに凄い星空なんだ」

興奮して喋り続ける英之に泰蔵が頷いた。

「父さん、生まれてくる赤ちゃんの名前、星夫か星子にしようよ」

「そりゃ、名案だ」

英之の提案に泰蔵が嬉しそうに声をたてて笑った。そして泰蔵は馬に「バッシ」と鞭を入れた。

二

緑野は冬になると吹雪で毎年何度か交通が途絶する。それも数日続くことがある。その度に緑野の三十戸ほどの集落全体が猛吹雪に襲われるのだ。そんなとき、緑野の小中学校は休みになることもある。だが、学校から生徒たちに何の連絡も無い。否、緑野は僻地で各家庭には電話が無いので連絡の取りようが無いのだ。それで生徒たちは各自の判断で吹雪の中を登校するか否かを決めることになる。その緑野では冬期間、全ての道路は雪で覆われているので主要な交通手段は馬が曳く馬橇である。馬橇以外は人の徒歩と歩くスキーである。生徒たちは降雪でいつ道が塞がるか分からないので歩くスキーで通学することが多かった。

英之が中学三年生の冬だった。早朝、英之は外の「ゴー」と鳴り響く風の音で目が覚めた。英之が仰向けに寝たまま寝床から窓辺に視線を投じると外は吹雪だった。吹雪ではあるが蒲団の中は温かかった。だが、顔面には冷気を覚えた。暖房の無い六畳間の寝室は吐く息が白くなって空中に拡散していた。いつもの朝より部屋が冷えているようだった。隣の蒲団を窺うと父母はもう寝床にはいなかった。三歳の弟の星夫だけが寝床で寝息を立てていた。英之は意を決して勢いよく蒲団から身を起こした。すると隣室の茶の間から父母の話し声が聞こえてきた。英之は寝間着姿のまま寝室の引き戸を開けて茶の間を覗き込んだ。

「英之、起きたの、外は猛吹雪だよ、きっと学校は休みね」

英之に母の松江が声をかけてきた。英之は再度窓越しに外の様子を窺った。確かに外は猛烈な吹雪で窓ガラスに横殴りの雪が荒々しく吹きつけている。視界がまるで真っ白なカーテンで遮られているかのようだった。それに時折、古くなった木造の家屋が吹雪でガタガタと揺らいだ。それでも英之は松江に言った。

「休校になるかどうか、分からないよ。僕は学校に行く」

「馬鹿言うな。こんな日は休校に決まってる」

泰蔵が強い口調で英之をたしなめた。泰蔵の叱責に英之は沈黙した。しかし、英之は瞬時のうちに登校する強い決意を固めていた。英之はこれまで吹雪で学校を休んだことはなかった。確かに吹雪の日は欠席する生徒も多い。だが、登校した生徒には授業をすることもあるのだ。英之はあれこれと思いを巡らせた。家から学校までは二キロほどの道程である。学校までの馬橇道は吹雪で塞がっているに違いない。雪が深いから徒歩での登校は無理である。だからゴム長靴にスキーを着用して学校に行くことになる……。泰蔵はさっきから急に寡黙になった英之の様子を窺っているようだった。

「英之、今日は吹雪だから、家畜の世話が大変だ。手伝いを頼むぞ」

泰蔵はそう言い放って、英之の返事を聞かずに吹雪の戸外へ出て行った。英之は急に憂鬱になった。家畜の給餌は朝、昼、夜の三回である。家畜は馬、豚それに鶏で、畜舎は母屋から二十メートルほど離れている。それで餌を与える度に猛吹雪の中をスコップで畜舎まで除雪する必要がある。そしてその間、大鍋に入れた豚や鶏の餌を家の薪ストーブで温めたり、バケツで家から井戸水を汲み上げそれを馬小屋まで運んで馬に飲ませたり、つまり一日中、猛吹雪と格闘しなければならないのだ。

「兄ちゃん」

不意に星夫の声がした。いつの間にか英之の背後に小さな星夫が立っていた。星夫を目にして英之に電撃のような焦燥感が走った。学校を休めば家畜の世話ばかりか星夫の相手までさせられることになる、と英之が思ったからだ。英之は星夫の誕生によって随分と負担が増えた。学校の放課後や休みの日には星夫のオムツ換え、食事の世話、遊び相手など育児に携わることが多くなったのだ。それに松江の母乳が出なかったので、英之は週に二度ほど同級生の山路悦子の処まで一升瓶をぶら下げて星夫が飲む牛乳を買いに行ったのである。そればかりか病弱な星夫の病院代が嵩んだこともあり、英之は高校進学も出来なくなったのだ。だから英之の中学生活も間もなく終わりを遂げることになる。それで英之は猛吹雪だろうと何が何でも登校したかったのである。英之は意を決して泰蔵が戻る前に衣服を身に着け、おかず抜きの麦飯だけで朝食を済ませた。それから慌てて防寒着を纏い教科書の入ったリュックを背負った。

「英之、学校に行くのか」

松江が英之に声をかけてきた。

「学校、休みじゃないかも」

英之はそう反発して直ぐ玄関口まで行った。

「英之、吹雪が酷いから休みだよ。父さんの言うとおりにしなさい」

松江が声高に言った。英之が振り返って松江を見た。松江と並んで星夫が英之を見詰めていた。英之は松江の言葉を無視して玄関口に立てかけてあったスキーを手にして外に出た。瞬間、息が詰まるような強風が英之を襲った。視界が吹雪で遮られた。英之は強風が弱まるのを待ってスキーを履いた。幸い学校へ向かう往路は押し風だった。だが吹雪で積もった雪道はスキーで歩いても膝上まで埋まった。それでも向かい風でなかったので学校までは四十分ほどで着くことが出来た。

その日、やはり学校は休みだった。登校した生徒は僅かだった。中学三年の同級生十五人のうち登校して来たのは英之の他に山路悦子だけだった。その悦子を英之は普段から強く意識していた。彼女は同級生の中で成績が一番で、しかもお嬢さん育ちの美形だったからである。英之はその彼女の家に週に二回、一升瓶をぶら下げて牛乳を買いに行く自分が気恥ずかしく劣等感を覚えていた。それで英之は悦子を間近にして戸惑っていた。そのときだった。不意に星夫を思い浮かべ不快な気分に陥った。同時に、星夫が自分に負担をかけるので、同級生の中で一番だった成績が悦子に奪われてしまった、という思いが英之を襲い、彼は星夫のことを疎ましく思った。

学校では生徒たちのために当直の教師が職員室を薪ストーブで暖めていた。それで登校した生徒たちはそのストーブで暖を取ってから下校することになった。下校は帰り道が同じ方向の生徒たちがグループでまとまって帰ることになった。英之と帰る方向が同じなのは同級生の山路悦子だけだった。悦子の家は英之の家に向かう途中である。二人は学校で一時間ほど暖を取ってから家路に向かった。

校舎から外に出ると吹雪はより一層酷くなっていた。向かい風だったので強風が吹きつける度に二人は後ろ向きになって吹雪を避け息を継いだ。その度に二人は進行方向とは逆の方向に押し戻されそうになった。それで英之たちは思うように歩行が出来なかった。強烈な吹雪に衣服から体温が奪われ体が冷えて手足が冷たくなった。時折、途轍もない突風が二人を襲った。すると悦子の足元がふらついた。その度に英之は素早く悦子を支えた。

そんな幾度目かの突風が吹きつけたときだった。

「悦ちゃん、大丈夫」

と英之が叫んで悦子を支えようとしたときだった。二人とも吹き溜まった雪道に足を取られて横転してしまった。二人は吹雪で降り積もった柔らかい新雪にすっぽりと埋まった。

突如、吹雪の轟音が英之から消失した。横倒しになった英之は悦子の背後に密着する格好となった。雪道に倒れた二人はほんの少しの間そのまま横たわっていた。吹き荒れる吹雪は意外にも横たわったままの英之に優しかった。英之は風も雪も頭上をすり抜けて寒気が遠ざかったような錯覚を覚えた。全身を包む雪も冷たくなかった。むしろ夢見心地な安らいだ気分に誘われるのだった。

「駄目よ、英ちゃん。眠ってしまったら危険よ」

悦子の声に英之は慌てて雪の中から起き上がった。そして悦子に手を差し出した。悦子は英之の手を握ってゆっくりと身を起こした。

「酷い吹雪ね。私の家はもう直ぐそこよ。英ちゃん、一人になるわ。こんな吹雪で大丈夫」

心配そうに悦子が英之を凝視した。

「まあ、何とかなるさ」

英之が事も無げに答えた。

「あっ、そうだ、私の家で少し、休んだらいいわ」

悦子が思いついたように言った。学校を出発して三十分ほど経っていた。悦子の家に辿り着いたとき、英之の手足は完全に凍えていた。結局、英之は悦子の家に立ち寄ることにした。

「ただいま」

と悦子が言って勢いよく玄関の引き戸を開けた。すると悦子の母が玄関口に立っていた。

「あら、英之君、いらっしゃい。悦子のお供、有り難う」

と悦子の母が言って英之に軽く会釈した。

「いえ、小母さん……」

一瞬、英之の言葉が途切れるなり、悦子の母が口を開いた。

「悦子、心配でずっと外の様子を見てたのよ。こんな日に学校に行くなんて」

「お母さん、そんなことより手と足が冷たくて」

悦子が甘えるように言った。

「さあ、二人ともストーブで暖まりなさいな」

英之はストーブのある十畳の茶の間に案内された。部屋の中央に備えつけてある薪ストーブが音を立てて勢いよく燃えていた。ストーブが燃え盛るその部屋は熱気が充満していた。英之は悦子と一緒に暖を取った。悦子の母が台所に姿を消した。暫くすると凍えた手足の指先が温まりビリビリと痺れだした。そのとき、悦子の母が台所から現れた。

「さあ、熱々の牛乳よ。砂糖をたっぷり入れて召し上がれ。体が温まるからね」

悦子の母は温めた牛乳を満たしたコップと砂糖の入った小鉢を二人の目の前に置いた。英之は砂糖を見て驚いた。砂糖は貴重品で英之が砂糖そのものを口にすることは滅多に無かったからである。

「英ちゃん、牛乳飲んで」

悦子がそう言いながら牛乳にたっぷり砂糖を入れた。英之も牛乳に思いっ切り砂糖を入れた。そしてそれを口に含んだ。滅多に味わうことの無い甘みが英之を満たした。英之はその甘味をじっくりと味わいながら牛乳を飲み干した。漸く体も温まり英之の気持ちは安らいだ。英之はふと砂糖が沢山あり高校にも進学出来る悦子に羨望を感じた。そんなときだった。玄関の戸が開く音がして誰かが訪ねてきた。

「山路さん、北丘です」

その声は思いがけずも英之の父、泰蔵だった。

「あら、泰蔵さん、いらっしゃい」

「やあ、山路の奥さん、いつもお世話になっております。それにこんな日にお伺いしてすみません。あの、英之は来ておりますか」

「あら、よく分かりましたね。英之君、来てますよ」

「学校まで行ったら、英之が悦ちゃんと一緒に帰ったというので、もしかしてと思いまして」

「先ほど来たばかりですよ」

「ところで、ご主人は」

「牛舎の方よ」

「あっ、そうそう、いつも星夫の牛乳でお世話になり、有り難うございます」

「あら、とんでもない」

英之は泰蔵たちのやり取りを耳にして慌てて玄関口にやって来た。

「何だ、英之、寄り道をして」

泰蔵が英之を見て声を荒げた。

「英之君は悦子を送ってくれたの。感謝してます」

悦子の母が取りなすように言った。

「はあ、お言葉に甘えて、そういうことにさせて頂きます」

泰蔵は苦笑いをした。そして英之に言った。

「英之、帰るぞ」

「泰蔵さん、そんなに急いで帰らなくても、一休みして下さいな」

「いえ、何せこの吹雪ですから、身動きが取れなくなったら大変です。お邪魔しました」

泰蔵は深々と頭を下げて外に出た。英之は慌てて泰蔵の後を追った。泰蔵は鞍をつけた馬に跨って英之を待っていた。英之がスキーを履くなり

「英之、先に行け」

と泰蔵が馬上から英之に命令口調で指示をした。激しい吹雪は一向に衰えていなかった。

向かい風の強烈な風雪で呼吸することさえ息苦しかった。時々、英之は強風に煽られて体ごと後ろ向きになった。すると馬の背に乗った険しい顔つきの泰蔵が直ぐ近くに迫っていた。吹雪で積もった深雪で馬の脚がつけ根近くまで埋もれていた。吹きつける雪で栗毛の馬の顔が白くなっていた。泰蔵は横殴りに吹きつける雪に抗うように馬の手綱さばきに没頭しているようだった。悦子の家で温まった英之の体はいつしか冷え切ってしまった。それでも何とか英之は家に辿り着くことが出来た。家に着くと泰蔵は一言も発せず、馬に乗ったまま真っ直ぐ馬小屋に行ってしまった。英之はスキーを脱ぎ捨てて玄関に駆け込んだ。

瞬間、吹雪の轟音が英之から遠ざかった。

「英之、心配してたのよ。無理して学校に行くんだから」

母の松江が駆け寄ってきた。

「母さん、手足が冷たいよ」

「今、お茶を入れるから、ストーブで暖まりなさい」

「お兄ちゃん、暖まりなさい」

気づかぬうちに弟の星夫が松江の後ろに立っていた。そして星夫が好奇の目で英之を見詰めていた。英之は星夫の頭を一撫でして茶の間のストーブの傍に行った。そのとき泰蔵が馬小屋から戻って来た。そして無言のままつかつかと英之の方に直進してきた。何故か泰蔵の鋭い睨みつけるような視線が英之に迫ってきた。英之は不吉な予感に襲われ戸惑った。突然、泰蔵が英之に途轍もない大声で怒声を浴びせかけた。

「英之、スキー靴を外に脱ぎ捨て放り出したままにしておいて、お前は一体、何てだらしないんだ」

瞬間、英之の頭に泰蔵の鉄拳が飛んできた。「ガン」という衝撃と同時に眼前に火花が飛んで英之はふらついて倒れそうになった。

「馬鹿野郎、どうして学校なんかへ行ったんだ。こんな吹雪に」

泰蔵の荒々しい怒声と同時に、また彼の鉄拳が英之に飛んできた。英之は無意識のうちに泰蔵の鉄拳に倒れまいと必死になって転倒を踏みとどまった。

「心配で学校へ行ったら、先生はお前が帰ったと言うじゃないか。途中、俺はお前に会わなかった。だからお前が行き倒れたかと心配したんだ。それで山路さんの処に立ち寄ったら、お前が呑気にくつろいでいる。一体全体、どういうことだ」

泰蔵は大声で怒鳴りながら、今度は英之の頬を平手打ちした。「パッシ」と派手な音が弾けて英之が床に倒れた。そのとき、松江が台所から姿を現した。松江は二人の様子に驚いて茶器を床に落としてしまった。「ガチャン」と茶器が割れて茶湯が床に流れてしまった。よろよろと英之は床から起き上がった。そんな英之を泰蔵はなおも責め立てようとした。そのときだった。突然、「わーん」と動物のような喚き声がした。それは星夫だった。

瞬間、三歳の小さな星夫が大声で喚きながら弾丸のような勢いで泰蔵と英之の間に割り込んで来た。同時に星夫は泰蔵の足元にむしゃぶりついていた。

「駄目だ、駄目だ、兄ちゃんに駄目だ」

星夫は全力で泰蔵の太ももを小さな拳で叩き続けながら大声で喚いた。泰蔵は必死に抗議する星夫に唖然として為す術も無く立ち尽くしていた。松江が星夫に駆け寄って抱き上げた。

「星夫、もう良いから、もう大丈夫よ」

松江が星夫をなだめながら寝室に連れて行った。泰蔵は毒気を抜かれたように黙ってその場を立ち去った。英之は茶の間に一人残された。静まった茶の間に吹雪で戸外の木々が身を震わす轟音が戻ってきた。窓ガラスが横殴りに吹きつける雪でガタガタと音を立てた。英之は一人吹雪の空間に取り残されたような錯覚に陥った。泰蔵に殴られた痛みは英之から消失していた。なぜか不意に、英之の胸が熱くなり止めどなく涙が溢れてくるのだった。

恋の悪戯

一

小さな校舎は小高い丘の裾野にあった。それも林に囲まれていた。林の殆どを占める広葉樹は半ば落葉しつつあった。オホーツク地方の秋の風は冷たい。風が吹く度に広葉樹の葉が舞った。そして教室の窓がガタガタと鳴った。教室の古びた窓からすきま風が吹き込んできた。教室内には中学一年生と二年生の二クラス、総勢で二十五名の生徒がいた。いわゆる僻地校の複式学級だ。それも小中学校の併置校である。その教室内では担任の見瀬教師が二年生の授業を行っていた。見瀬教師はまだ学生気質が抜け切っていない若い男性教員である。複式学級なので、見瀬教師は一年生と二年生の授業を交互に行うことになる。

一方の学年が授業中は他方の学年は自習時間となる。それでその時間、一年生たちは国語の自習が割り当てられていた。隼人は一年生だった。その時間、隼人は国語の自習に何故か身が入らなかった。それで教室の窓越しに外の景色をぼんやりと眺めていた。そして風に舞う木の葉に気をとられているときだった。不意に上級生の二年生の授業が終了した。十二時になったのだ。昼休みである。まず生徒たちが弁当を食べる。後は午後の一時まで生徒たちの自由時間である。担任の見瀬教師が教室を出るなり生徒たちが一斉に弁当を鞄から取り出し始めた。そのときである。突然、見瀬教師が教室に戻ってきて「隼人君」と手招きをした。そして隼人に職員室まで一緒に来るよう指示した。教室内の生徒たち全員が隼人を見た。不意を食らって隼人は慌てて見瀬教師の後に従った。隼人が職員室に入ると校長の机の前に三人の女子生徒が横一列に並んで立っていた。隼人は「あっ」と声をあげそうになった。女子生徒は近所の峰子たちだった。今朝、登校の途中に隼人と彼女たちが喧嘩になったからだ。そのとき隼人が傷つけた峰子の脹《ふく》ら脛《はぎ》には真っ白い包帯が巻きつけられていた。彼女たちは隼人より二級上の中学三年生である。校長は腕組みをして職員室へ足を踏み入れた隼人を机越しにじっと見ていた。そして低い声で言った。

「隼人君、ここへ」

校長が隼人に女子生徒たちの前に来るように指示した。隼人は校長の机の前に整列している女子生徒たちの前に進み出て起立した。見瀬教師は自席に座ったまま隼人たちの方を見ていた。

「隼人君、棒きれを振り回してここの皆を追い回した、というのは本当かね」

校長が穏やかな口調で言った。

「はい」

と隼人は小声で応えた。

「私に直訴してきた峰子さんの訴えのとおりですか、まさか隼人君がね、峰子さんが怪我をしたじゃないか。隼人君、理由は聞きません。まずは皆さんに謝りなさい」

「校長先生、僕は謝りません」

思わず隼人の口を吐いて出た言葉だった。

「何っ」

と校長の眼がぎらっとした。眼鏡越しに校長が鋭い視線を隼人に向けた。いつもは温厚な校長の顔つきが険しくなった。それに校長の顔色が紅潮して禿げ上がった前頭部が妙に艶々して見えた。

「貴女たちは教室に戻ってよろしい」

校長は低い声で峰子たち三人に言った。峰子たちが職員室から姿を消すなり校長が怒声を張り上げた。

「馬鹿者、自分が悪いのに何故謝らない。一体どういう了見なんだ」

校長の声が職員室に響き渡った。その瞬間、見瀬教師が隼人の傍に駆けつけてきた。

「隼人君、校長先生に謝りなさい」

見瀬教師が隼人を諭した。しかし隼人は頑なに沈黙を守った。自分だけが悪い訳じゃない、と隼人は思っていたのだ。峰子たちは隼人より体も大きく力も強い。それなのにいつも喧嘩を仕掛けてくるのは峰子たちなのだ。隼人が瓶底のような分厚いレンズの眼鏡をかけた強度の近眼であること、着丈の短くなったボロの学生服を何年も着続けていること、新しい教科書が買えなくて上級生のお下がりを使用していること、等々をことある毎に取り上げて隼人に絡んでくるのだ。今朝もそうだった。登校中に「隼人の眼鏡ポンチ」と峰子たちが不意に隼人の頭を小突いて囃し立てたのだ。咄嗟に、隼人は道端に落ちていた棒きれを手に取って振り回した。そして彼女たちを追い回し、それが峰子の足にあたってしまったのだ。だから一方的に自分だけが謝る理由は無い、と隼人は思ったのだ。校長がトラブルの理由を聞かないので、隼人には弁明のしようが無いのだ。

校長は隼人が頑なに沈黙を続けるのでますます強い口調で隼人を叱責した。それでも隼人は沈黙を守り続けた。

「隼人君が徹底抗戦なら仕方がない。保護者に通告するしかないでしょう。見瀬先生、後始末は任せます」

校長が厳しい口調で言った。

「かしこまりました」

と見瀬教師が神妙に応えた。

「隼人君は今までずっとクラスの級長だろう。優秀な生徒だと思っていたが意外な一面に驚いているよ。若い見瀬先生に代わって、私が本件の真偽のほどを確かめたのだが、本当に残念ですな」

校長は隼人から視線を外さずに言って溜息を吐いた。

「校長先生、後は私が引き継ぎます」

と見瀬教師が校長に答えてから隼人に退室を促した。隼人は緊張で体が強張っていた。隼人は校長と見瀬教師に一礼をして職員室を出てクラスの教室に戻った。

教室は既に昼食の弁当を食べ終えた生徒たちの嬌声で騒々しかった。それでも多数の生徒たちが戸外に出ていたので、教室には半数ほどの生徒しか残っていなかった。

隼人が自分の席に戻ってほっとしたときだった。いきなり峰子の妹の悦子が隼人の傍に駆け寄ってきた。そして悦子が笑いながら言った。

「隼人君、校長先生に叱られたんでしょう」

「うるさい」

反射的に隼人が叫んだ。

「私、知ってるのよ、姉ちゃんが隼人君のこと、校長先生に言いつけたこと」

「それがどうした」

「隼人君、泣いてんじゃないの、涙目よ」

悦子の大きく見開いた眼が好奇に満ちている。彼女の薄い唇が今にも何かを早口でまくし立てそうだ。

「馬鹿を言うな」

と隼人は言い返した。そして「ぺちゃくちゃと悦子のぺちゃこ」と呟き声を漏らさずに思った。

「じゃ、弁当でも食べなさいよ。昼休みが終わっちゃうよ」

「余計なお世話だ、弁当は食べたくない」

「ほら、やっぱり、弁当が食べれないほどショックなんだ」

悦子が勝ち誇ったように言った。一瞬、隼人は狼狽《うろた》えた。それは弁当の中身のせいだった。その日、隼人の弁当の中身は麦飯に黄色の稲黍《いなきび》が混ぜてあったのだ。皆の弁当は殆どが白米である。麦飯だけならまだしも、隼人には黄色の稲黍が入った弁当が人目に晒されるのが恥ずかしかったのだ。「麦飯だけでは腹が減り畑作業に力が入らない」と隼人の父が言って、麦に黄色の稲黍を入れて飯を炊いたのだ。稲黍は餅米の代用品として使われることもある。つまり隼人の家は零細な開拓農家で白米を買う金が無かったのだ。隼人は窮地に陥って思わず悦子の頭を軽く小突いてしまった。その瞬間、悦子がきっとなって隼人を睨みつけた。

「何よ、隼人、私が何かした」

「うるさい、ペチャコ、お前はいつも喋りすぎだ」

「直ぐに暴力なんて最低よ。そのくせ、愛ちゃんだけには手出しをしたこと、一度だって無いんだから」

「何っ」

と隼人は気色ばんだ。悦子はたじろがず隼人を睨み続けている。

「じゃ、愛ちゃんを小突いてみなさいよ」

悦子の思いがけない反撃だった。いつの間にか教室内にいた数人の生徒たちが隼人と悦子を注視していた。隼人は無意識のうちに愛子の姿を探していた。愛子は前方の彼女の席に座って本を読んでいた。

「さあ、どうなの、愛ちゃんには何にも出来ないの」

戸惑っている隼人に悦子が追い打ちをかけた。

「愛ちゃん、何もしてないじゃないか」

隼人は悦子にやっと言い返した。隼人にとって愛子は特別な存在だったのだ。何よりも愛子は群を抜いてクラスで一番勉強が出来た。それに愛らしく男子生徒の憧れの的である。そのうえ愛子はいつも穏やかである。つまり隼人は愛子が好きだったのだ。

「結局、隼人君は愛ちゃんが好きなのね」

悦子が勝ち誇ったように笑った。隼人は頭の中が真っ白になった。いきなり隼人はつかつかと愛子の机の前まで歩いて行った。そして何の予告もせずに本を読んでいた愛子の頬を平手で「びしっ」と叩いた。本が床に飛んで愛子が立ち上がった。彼女は驚きと戸惑いの面持ちで隼人を見つめた。そして直ぐに何事もなかったかのように机に座り俯いたまま一言も発しなかった。

「隼人、何をするんだ」

驚いたクラスの男子生徒の一人が大声で叫んだ。

「私、関係ないわ」

と悦子が言ってその場から素早く立ち去った。

「見瀬先生を呼んでくる」

クラスの女子生徒の一人がそう言って、小走りで教室を出て行った。隼人は自分でも思ってもみなかった自身の振る舞いに、ただ呆然としてその場に立ちつくしていた。

二

隼人が勤務している中学校では、昨今、生徒たちの虐め問題の対応が課題になっている。全国的に虐めが発端となり生徒の中から自殺者が発生するなど、中高生たちの虐め問題が社会的にクローズアップされているからだ。そのため、隼人たち教員の間でも職員会議で日々この虐め問題について論議されているからだ。そんなことが契機となって、教員としての隼人に少年時代の自分の姿が蘇った。あの当時からもう二十年近くが経っている。自分は貧困に負い目を意識した自尊心の強い少年だった。それ故に他者に対し些細なことでも、攻撃的になってしまったのだろう。今と昔とでは生徒たちの虐めの形態が異なるにしても、あの当時の自分はいわゆる虐めっ子だったのだろうか。そう思った隼人に自責の念が湧いてきた。中一のとき理不尽にも愛子の頬を平手打ちしたことを思い出したのだ。隼人は機会があればあの無謀な行為を愛子に謝罪したいという思いに駆られるのだった。


そんなある日の日曜日のことだった。隼人が道立美術館に絵画展を見に行った。その絵画展を見終わった帰りがけである。突然、見知らぬ女性が隼人に声をかけてきた。

「あの、失礼ですが、もしかして、中野隼人さんではないでしょうか」

その女性はサングラスをかけ鍔の広い帽子を被っていた。均整のとれた色白の女性だった。

「はあ、中野ですが」

隼人が応えるなり、その女性はサングラスと帽子を取った。そして笑顔で会釈した。

「あら、やっぱり隼人君、私、水上愛子よ」

「ああ、愛ちゃん」

と隼人は思わず言って絶句した。余りに意表を突いた愛子の出現に驚いたのだった。

「私、さっきからずっと、隼人君じゃないかと思って、観察していたの」

愛子は親しげな笑みを浮かべていた。

「これは驚いた、余りにも偶然の出会いで」

「そうね、偶然と言えば偶然ね。でも私、いつかはお会い出来ると思っていたわ」

「えっ」

と隼人は怪訝に思って愛子を見詰めた。

「外に出ましょうか」

と愛子が言った。二人は外に出た。街路樹が風に揺れて木の葉が舞っていた。

「私、近くの病院で勤務医をしているの」

「それは凄い、さすが愛ちゃんだ」

「隼人君は札幌で、数員をされてるんですって」

「えっ、よくご存じで」

と隼人は言った。

「私、調べさせてもらったの。隼人君、分厚いレンズ限鏡からコンタクトに変えたことも。それに眼鏡無しの隼人君の顔写真も入手しているのよ」

「本当ですか、これは驚いた」

「一度お訪ねして、隼人君に是非尋ねてみたいことがあったから」

「何ですか、それは、何か怖いですね」

と隼人は言って、大袈裟に肩をすくめた。

「あの時のことよ。ほら、中一のとき、隼人君が突然、私の頬を強く打ったでしょう。あれは何だったのかしら、いつか隼人君に尋ねてみたいと思っていたの」

愛子は隼人を直視していた。隼人は愛子の思いがけない言葉に一瞬たじろいだ。

「ああ、あの時は悪かった。謝ります」

「あら、でも、どういうことだったのかしら。私はこれでも精神科医よ。それで、あの当時の隼人少年のことを様々に分析してみたの、でも私にはさっぱり不可解で」

「あの、つまり、僕はあの当時、愛ちゃんが好きだった、ということです」

「まさか、でも、それが何故、私を打つことになるわけ。意味不明だわ」

「あのとき、僕は悦ちゃんに責め立てられて、黙っていれば、僕が愛ちゃんを好きだということがクラス中に知れ渡ることになる、否、愛ちゃんに知られることになる。そのことが怖かったんだと思う」

隼人はどぎまぎしながらやっとの思いで愛子に答えた。

「ふーん、そうだったの。でも、それって本当かしら」

「嘘はないよ。あれは悦ちゃんに追い詰められた、自分でも思いがけない無謀な行動だった。とにかく謝ります」

と隼人は言って頭を深々と下げた。笑顔だった愛子が急に真顔になった。

「ねえ、大事なことだから、もう一度だけ確かめるわ。そのお話、本当に本当なの」

愛子の問い質すような口調だった。

「そう、あの時の僕の本当の気持ちです。真実です」

「そうなの。それにしても余りにも遅すぎたわ」

「遅すぎたって」

隼人が愛子の言葉の意味を確かめた。

「隼人君の告白よ。あの当時、私も隼人君が大好きだったの。だからあの時の平手打ちは何だったのか、私、ずっと悩んで引っ掛かっていたのよ」

「ごめん、あの時、直ぐに謝れば良かったんだ」

「それが、隼人君の告白が遅かったばかりに、今では私、シングルマザーなのよ」

「シングルマザー」

「そう、だから二人の遠い過去の純粋な思いは、永遠に過去の幻に終わったということ。つまりは全てが遅すぎたということね」

そう言って愛子が大きく吐息を吐いた。

「ごめん、とにかく僕が悪かった」

と隼人が言い終えるなり、不意に愛子の平手打ちが隼人の頬を強く打った。隼人は唖然として愛子を見た。驚きの余り頬に痛みは感じなかった。突然、愛子は声を立てて笑った。

「一体、何ですか、これは」

思わず隼人は抗議した。愛子はいつもの穏やかさを取り戻していた。

「私のあの時のお返しよ。いえ、私の隼人君への恋の告白よ、それも遅すぎたけれど。

じゃあね」

と愛子が言って、サングラスをかけ鍔の広い帽子を被ってから、さも何事も無かったかのようにその場を立ち去って行った。美術館の前庭に一人残された隼人の前を木枯らしが舞った。そのとき隼人は少年の日に教室の窓越しにぼんやりと眺めていた、冷たい秋風に舞う校庭の木枯らしを思い起こした。

海の色

一

　ホテルの窓から青い海が見えた。それは小樽の港に満ちている海の色だった。ホテルの細長い小窓から望める海は午後の藍色の空を映して鮮やかに青く染まっていた。そして、その海の色が途切れるホテルの対岸には緑豊かな丘陵地帯が横に広がっていた。その丘陵は海岸から急峻に壁のように連なっている。永瀬敏之はそんな窓外の景色を無意識のうちに視界に留めながら、半身をベッドから起こして悦子の背後に迫っていた。敏之が背後から悦子の乳房を両手でまさぐりながら彼は彼女の体に溶け込んでいった。瞬間、敏之はまるで青い海に全身を漂わせているような錯覚に陥った。満ち足りた敏之は悦子を解放した。そのとき悦子が言った。

「貴方って、何時も後ろからなのね」

「えっ」

　と不意を突かれて敏之は悦子を凝視した。

「だって、何時もそうじゃない」

悦子は他愛なく笑っていた。敏之にまだ悦子の乳房の感触が残っていた。

「私たち、一緒になって、もう三月になるのよ。それなのに、ずっと……」

敏之は自分の行為の癖を全く意識していなかった。悦子に指摘されて敏之は戸惑っていた。突如、敏之に母親の千代の感触が蘇ったのだ。

それは敏之が忘れていた幼少時の感触である。その頃毎夜、敏之は千代に背後から抱きついて眠りに就いていた。千代は三十歳そこそこで、目の前の悦子とほぼ同年代だった。敏之は悦子から視線をそらした。敏之は急に陰鬱な気分に陥った。青い海の色が敏之の内部で重苦しい鉛色に一変していた。いつしか敏之に幼少時の記憶が蘇っていた。


その遠い記憶は陰鬱な海の情景である。敏之が小学校に入学する前年の晩秋だった。そのとき、敏之は母の千代と二人っきりで小樽の港の岸壁に立ち尽くしていた。敏之は千代に片手を握られていた。千代の手は強く硬く痛かった。千代は無言だった。敏之は不安に駆られてそっと千代の顔色を窺った。千代はじっと海面を見詰めていた。暗く沈みきった千代の目の色だった。千代の顔つきは険しかった。灰色の空と鉛色の海が辺り一面を覆い尽くしていた。不意に、敏之は内から込みあげるような恐怖に襲われた。

「僕、死にたくないよ。母さん、死ぬのは嫌だ、絶対嫌だ」

我を忘れて、敏之は大声で叫んでいた。その瞬間、敏之は千代に息が出来なくなるほどきつく抱き締められた。そして千代は涙声で叫んだ。

「ごめん、敏之、ごめんね」

千代の叫びに敏之も大声で泣いた。敏之が幼少時に遭遇した小樽の海の記憶は陰鬱な鉛色そのものだった。

二

永瀬敏之は二歳のときに終戦を迎え、四歳のときに母の千代と二人で樺太から北海道の美唄市に引き揚げてきた。そのとき、敏之の父はシベリアでソ連軍の捕虜になっていた。美唄市に引き揚げてきた敏之と千代は引揚者収容施設で暮らすことになった。引揚者収容施設は使われていない半ば朽ちかけた古い木造の建物だった。その施設に十数組の引揚者の家族が入居していた。その中で母と幼子だけの頼り無い家族は敏之たちだけだった。引揚者たちの家族は施設内の数カ所の部屋に分かれて暮らしていた。敏之と千代は二十畳ほどの一部屋で三組の家族と一緒だった。そしてその部屋には家族の単位毎にカーテンで間仕切りが施されていた。敏之と千代には六畳ほどの空間が与えられた。

その六畳ほどの空間の隅に粗末な寝具と僅かばかりの鍋や食器、それに洗面道具を置いていた。それから反対側の隅には、卓袱台用に設《しつら》えた木の空き箱の上に出兵の際

に撮影した軍服姿の敏之の父の写真を飾っていた。毎朝、敏之は千代と一緒に父の写真に向かって、

「お父さん、今日も一日、元気でありますように」

と言って、両手を合わせ一礼をしてから朝食を取った。

引揚者たちの台所と便所は共用で、寝泊まりする場所とは別の場所に設けられていた。それに食事の煮炊きには七輪と炭が用意されていた。米は配給制だった。酷い食糧難だったので、引揚者たちは食糧不足を補うために、カンナで薄く削った砂糖大根の切片を大量に混ぜた米の粥を食べることが度々あった。砂糖大根は養豚農家が餌不足のため豚の飼育用に確保したものだった。それを引揚者たちが共同で手に入れたのである。彼等はそれをカンナで薄く削って鍋で煮て、その煮汁を採取し砂糖の代用品にした。その煮汁は焦げ茶色で甘味よりも苦味がきつかった。引揚者たちが米飯に混ぜた砂糖大根の切片は砂糖大根の煮汁を絞って残った絞りかすだった。敏之は妙な甘味と灰汁がきつい苦味が混在した砂糖大根の煮汁かすが大の苦手だった。敏之がその粥を口にすると、不味い砂糖大根の繊維質がいつまでも口の中に残り喉を通らないの

だ。そんなとき、敏之はつい隣の家族の様子を探ってしまうのだ。大人の男がいて闇米を手に入れることが出来る家族は時々米だけを食べることがある。敏之がカーテン越しに隣の家族を気にするや否や、すかさず千代の低く押し殺した叱責が敏之に飛んできた。そして食事が終わった後で、敏之は人影のない共同便所の処まで連れ出されて言い聞かされた。

「物欲しそうにしたら駄目よ。お父さんがいないから、皆に馬鹿にされるのよ。分かった」

千代の強い言葉に敏之は何時も項垂《うなだ》れた。そんな敏之に千代は続けた。

「敗戦で樺太を引き揚げたから貧乏になっただけ。母さん、父さんがシベリアから帰って来るまで、必ず頑張り抜いてみせるから」

その度に敏之も千代に言った。

「父さん、早く帰って来るよね」

敏之の言葉に千代は微笑んで頷いた。

そんな施設の生活に少し慣れた頃、千代が同じ施設で暮らす引揚者の男たちと一緒に闇米の買い出しに出かけるようになった。その間、敏之は一人で過ごすことになった。母の千代が施設内にいないとき、敏之は心細く落ち着かなかった。それに千代は夕方になっても帰らないことがあった。それで敏之は不安になってめそめそと泣き出してしまうのだ。そんなある日、千代は真夜中になっても施設に帰って来なかった。そのとき、千代は禁止されていた闇米を物々交換で手に入れ、帰路の途中に警察に捕まり取り調べを受けたのだった。深夜になっても千代が帰らないので、極度の不安に陥り泣きじゃくる敏之に、施設内の大人たちが「心配するんじゃない」、「お母さん、帰って来るから」と優しく声をかけてきた。それでも敏之は一晩中泣きじゃくっていた。千代は明け方になって漸く警察から解放され施設に戻って来た。後日、そんな千代に周囲から敏之の扱いに苦慮した、と苦情が殺到した。千代はその日から闇米の買い出しに行かなくなった。その頃からだった。敏之は夜になると不安に駆られて千代に抱きついて眠りに就くようになった。

そして、施設に来てから一年ほども経つと、施設内の引揚者たちはそれぞれ働き場所を見つけて、次々と別に用意された引揚者住宅に引っ越して行った。そんなときだった。
突然、敏之の父がシベリアから帰還して来た。シベリアから帰還してきたその人は驚いたことに、敏之がこれまで毎日会っていた写真の父とはまるで別人だった。戦闘帽を被り軍服の写真の父は背筋を伸ばし最敬礼の凛々しい軍人だった。だが、シベリア帰りのその人は、よれよれの衣服を纏った頬がげっそり瘦せこけた異様な風貌だった。敏之はその人を「お父さん」と呼べずに、度々千代に酷く叱られた。それにその人は肺を病んでいて、しかも病は悪化していた。それなのにその人は帰還して間もなく、病気を隠して木工場に日雇い作業員として働き始めた。それで敏之たち一家は引揚者収容施設から引揚者住宅に引っ越してささやかな安らぎを得ることが出来た。だが、それもほんの束の間、その一月後にはシベリア帰りのその人は木工場で作業中、吐血してあっけなく死んでしまったのだ。

千代が敏之を連れて小樽の海岸に行ったのはシベリア帰りの父が病死して間もなくだった。極度に憔悴していた千代は生気の失せた虚ろな目を空に漂わせていた。そして時々千代はじっと海面を見詰めた。それは敏之の脳裏に刻み込まれた鈍い鉛色の海だった。

そしてその半年後、敏之が六歳の冬に母の千代が再婚した。千代の嫁ぎ先は美唄から は遠方のオホーツク地方の畑作地帯だった。相手の男は千代より十歳以上も年上だった。

美唄を離れる日が間近に迫ってきたある日、千代が敏之に諭すように言った。

「今度お世話になるあの方は小さな畑作農家だって。でも、敏之も母さんも腹一杯食べれるってよ」

千代の再婚は親子二人が食べれることを最優先に選択した千代の決断だった。

三

永瀬敏之と妻の悦子とは幼馴染みで同い年だった。敏之が美唄の引揚者住宅で暮らしていた幼少のとき、悦子は棟続きの同じ引揚者住宅にいたのである。それも玄関が隣接した同じ棟だった。引揚者住宅は平屋建ての粗末な木造長屋で百世帯以上が入居していた。

敏之が悦子に再会したのは引揚者住宅を引っ越してから二十数年後だった。そのとき、敏之は札幌でタクシードライバーをしていた。真冬の二月初旬、夜も九時を過ぎていた。

地下鉄新札幌駅付近のタクシー乗り場で赤いコートを着た女が敏之に声をかけてきた。

「お願いね」

と言いながら女がタクシーのドアを開けた。若い女に見えた。女の金髪に染めたロングヘアーが敏之の気を引いた。派手な化粧の女だと敏之は思った。女が行き先を告げてタクシーが走り出した直後だった。突然、女が声高に言った。

「あら、運転手さん、永瀬敏之さん、っていうの」

「はあ、そうですが、何か」

　と敏之は女に言葉を返した。敏之が目の前のバックミラーにチラッと視線を走らせた。

　女は車内に掲げたドライバーの名札を見ているようだった。

「私、山田悦子と言います。貴方、もしかして、子供の頃、美唄の引揚者住宅にいなかったかしら」

　女の言葉に敏之は「あっ」と声をあげそうになった。敏之は思わず、

「悦ちゃん」

　と言ってバックミラー越しにまじまじと女の顔を見た。

「あら、やっぱり、敏之さんだったのね。貴方、どこか昔の面影があるわ、懐かしいわ」

　一挙に敏之と悦子の会話が弾みだした。悦子は美容院の勤務を終えて帰宅途中だと言った。ほどなくしてタクシーは悦子のアパートに着いた。

「悦子さんと、もう少しお話がしたかったな」

　敏之はタクシーを止めるなり言った。

「あら、私もよ。私、お勤めの関係で、夜遅く帰ることが多いの。これからは永瀬さんに予約を入れるわ。宜しくね」
悦子はそう言って、笑顔を見せてアパートに姿を消した。

戦後七十年、永瀬敏之は七十歳を過ぎていた。それでもタクシードライバーを続けていた。美容師だった悦子は六十歳半ばで勤めを辞めていた。相変わらず住まいは地下鉄新札幌駅近傍の住宅団地の一角にある市営住宅だった。その市営住宅は鉄筋コンクリート造りの四階建てだったが、築後五十年以上を過ぎて老朽化が進んでいた。敏之の少ない給料と僅かな年金が二人の生活費である。二人の生活は豊かではなかったがそれなりに安定していた。それは平穏な二人の日々ともいえた。だが、敏之はときどき不安に駆られることがある。それは最近、マスコミが保守政権が目指している安保法案の危険性を盛んに報道しているからだ。その度に、敏之に戦後間もない幼年時の嫌な記憶が蘇るのだ。同時に、何よりも自衛隊員である一人息子の直樹のことが気懸かりなのだ。それは安保法案により、紛争地域の海外派遣など自衛隊員のリスクが高まるのではないか、と論議が賑々しくなっていたからである。そんなときだった。普段は殆ど音信が無い息子の直樹から、敏之と悦子の処に立ち寄る旨の連絡があった。直樹は出張で自衛隊札幌駐屯地に来るという。直樹は既に四十を過ぎていた。直樹は防衛省の防衛研究所に勤務していた。そんな直樹が訪れるという突然の連絡に、敏之は二十年以上も前の直樹との口論を思い出した。そのとき、敏之が反対したにもかかわらず、直樹は敏之の意見を無視して防衛大学校に進学したのである。

それは息子の直樹が高校三年生に進級した直後のことだった。その日の夕食後、直樹が敏之と悦子に高校卒業後の進路について相談を持ちかけてきた。直樹が真剣な面持ちで唐突に宣言した。

「僕、防衛大学校に進学することにした」

意外な直樹の言葉だった。一瞬、敏之は唖然として直樹を見詰めた。防衛大学校に進学することは自衛隊に入隊することになる、と敏之が思ったからだ。直樹は真剣な眼差しで敏之を直視していた。

「直樹、一体、どういうことだ。それも突然」

「僕はずっと前から考えてきた。そして、やっと決心したんだ」

直樹になぜか悲壮感が漂っていた。そんな直樹を見て敏之が穏やかに言った。

「直樹、防衛大への進学は、私は反対だね」

「やっぱり、父さんに反対されたか。担任の先生も、賛成しかねるって言ってたからな」

直樹の言い回しは自嘲的だった。

「直樹、防衛大は自衛隊じゃないか。自衛隊は実質的に軍隊だよ」

「父さん、防衛大が仮にそうだとしても、そのことでなぜ反対するの」

直樹が敏之に抗議するように言った。

「なぜって、お前、私たちは樺太で敗戦を迎え、散々苦労した。だから戦争に反対だ。その戦争に最も近い場所に、お前がその身を委ねることには耐えられない」

「そんなこと、僕には関係ないよ」

直樹は挑むように言い放った。

「何、関係ないって、どういうことだ」

敏之は思わず声を荒げた。

「だって、父さんや母さんは貧しくって、僕は進学も出来ないじゃないか。進学を断念して、僕自身の進路を狭めたくない」

「しかし、大学は会社などに勤めながら、二部の夜間部に進学する道もある」

「でも、防衛大だと、授業料は無料だよ」

「私も、そのことは知ってる」

敏之はそう言いながら、いつの間にか手強くなった直樹をまじまじと見つめ直した。

直樹は上背があり、いつの間にか体つきもがっちりとして逞しくなっていた。

「それに、防衛大に入学すれば、公務員としての給料も支給され、生活費も心配しなくて良いんだ」

いつしか直樹の口調が軽快になっていた。そんな直樹に敏之が断定的に言った。

「私は戦争に反対だ。自衛隊の実態は軍隊だ。防衛大に進学することは、自衛隊の幹部になることを意味する。だから、お前を防衛大に進学させるわけにはいかない」

悦子が夫の敏之と息子の直樹のやり取りに、戸惑ったように二人の様子を黙って見ていた。

「父さんは勝手すぎるよ。僕は貧乏は嫌だ。何よりも、父さんや母さんが中卒だから駄目なんだ。どんなに頑張っても、貧乏から抜け出せないんだ。僕は何が何でも、防衛大に進学するんだ」

直樹は大声で叫んだ。そして、直樹は急に椅子から立ちあがって、足音を荒げて部屋から出て行った。それは敏之が直樹を制止する間もない一瞬だった。敏之は直樹ともっと話す必要があると思って、慌てて直樹の後を追おうとした。そのとき、鉄製の玄関ドアが「バタン」と大きな音を立てた。直樹が外に飛び出して行ったのだった。

東京に住んでいる息子の直樹に敏之と悦子が会うのは久し振りだった。直樹は予定通り夕刻にやって来た。直樹は部屋に入るなり、土産だと言って悦子に紙袋を手渡した。

そしてあたりを見回して、

「この市営住宅も、随分と古くなったね」

と言った。

「この市営住宅が建ってから、もう五十年以上も経つからね。数年後には建て替えですって」

悦子が笑いながら答えた。それっきり久し振りに会った親子の会話がぎこちなく途切れがちになってしまった。それでも直ぐに親子がそれぞれの近況を話し始めた。そして一通り話し終えたとき、急に敏之が声を潜めて直樹に言った。

「ところで、今、話題の安保法案に関してだが、不安を感じないかね」

「えっ、不安」

と直樹が言って、怪訝そうに敏之を見た。

「自衛隊員のリスクが高まるとの報道に溢れている。直樹に影響は無いのか」

「ああ、そのこと、仮に我々にリスクが高まったとしても、それは仕方のないことです」

「仕方がないって、本人だけじゃなく、自衛隊員の家族も不安そのものだと思うよ」

「だが、自衛隊員の任務は崇高です。我が国の平和と安全のために、自衛隊員は国防に専心しています」

直樹は父親の敏之を諭すように言った。そんな直樹に敏之が指摘した。

「それに、殆どの憲法学者は、集団的自衛権の行使を可能にする安保法案は違憲だと主張している」

「それは本質的な問題ですね。父さんだから、僕は本音で話します」

直樹は真顔になっていた。

「本音って」

「防衛研究所の自衛官としてではなく、永瀬直樹の個人的見解を本音で主張するという意味です」

「随分と大仰だな、それは」

敏之は息子の直樹に威圧感を覚えた。

「そもそも、多数の憲法学者が自衛隊そのものが違憲だと主張しています」

「直樹、そりゃそうだろう、憲法には戦争を放棄し、陸海空軍その他の武力を保持しない旨の規定がある。それなのに自衛隊は実質的に武力を保持する軍隊そのものだよ」

「父さん、日本国民が憲法違反の自衛隊の存在を何故これまで放置してきたのか、おかしなことだと思いませんか。問題は日本がこれまでその自衛隊が国防を担い、日本の平和と安全の確保に貢献してきた。このことをどう評価するかということです」

「平和憲法によって日本の平和と安全が保たれてきた、という見方もある」

敏之は直樹を観察しながら言った。直樹に気持ちの高揚は見られなかった。

「僕は見方が違う。日本の平和と安全は自衛隊と同盟国のアメリカ軍によって守られてきたと確信をしている」

「それは、私と直樹の見解の相違だね」

敏之は突き放すように言った。

「でも、今、問題となっている安保法案は、集団的自衛権を行使して、日本と日本の同盟国が相互に自国防衛を強固にするものです」

「そういう説もあるが、一方で、安保法案の合憲性は極めて疑わしい、と有識者が主張している。だから私は賛成出来ないね」

と敏之は直樹に同意しなかった。

「中国は尖閣諸島や沖縄を対象に核心的利益などを主張している。北朝鮮は核を保有しつつある。そして、最近ウクライナに侵攻したロシアはソ連時代、終戦後の混乱に乗じて北海道の占領を企み、結果として不法にも北方領士を占拠し、それを正当化している。つまり、日本を取り巻く国際情勢は緊迫している。国民はこれまで、憲法学者が憲法違反だと主張している自衛隊に日本の防衛を委ねてきた。それなのに安保法案の集団的自衛権行使の違憲性だけを声高に論じるのは奇妙なことです。我々は理念も重要だが、日本の平和と安全を確保するためにはいかに対処すべきか、もっと現実を直視すべきだと思うのです」

直樹はきっぱりと言い切った。

「直樹、私はね、安保法案によって、日本が他国の戦争に加担したり、いつの間にか侵略戦争に手を染めたりするような気がしてならないのだよ」

敏之は言い終えてから溜息を吐いた。

「父さん、戦後、日本は平和国家の道を歩んできました。もう、日本による侵略戦争はあり得ません。それに、国連では自国防衛に関して、同盟国が共同で防衛する集団的自衛権の行使を認めているのです。国際情勢からみて、自国の個別的自衛権の行使のみで自国の防衛を確保するのは、非常に困難な状況があるからです」

「しかし、第二次大戦で日本軍は、自衛の名の下に石油確保を目指して東南アジアに侵略した歴史もある」

「それは全て過去のことです。父さんは、余りにも過去に囚われ過ぎる。今の日本はあの頃と異なり、戦後一貫して平和主義に徹してきた。それゆえ、現在、論議になっている安保法案に対しては、東南アジアの国も含めて数十カ国の国々が評価し賛同し、その成立に期待をしているのです」

直樹は確信に満ちた口調で断言した。敏之はそんな直樹に違和感を覚えた。しかし、敏之は直樹に幾ら反論しても議論は堂々巡りを繰り返すだけだ、と思った。敏之は直樹との議論を諦めて沈黙した。

直樹は夕食前に宿泊先のホテルに立ち去って行った。直樹が姿を消した部屋で敏之と悦子が寡黙になっていた。ほんの少しして、悦子がテーブルの紙袋を手に取った。それは直樹が悦子に手渡した土産物が入ったデパートの小さな紙袋だった。紙袋の中身を確かめていた悦子が「あらっ」と声をあげて、驚いたように敏之を見た。

「どうした」

怪訝そうに敏之が尋ねた。

「貴方、現金が入っているの。それに私たちの好物、栗饅頭」

悦子の声が高ぶっていた。悦子が紙袋から現金の入ったのし袋を敏之に手渡した。のし袋の表に「僅かですが何かに用立てて下さい」と走り書きがしてあった。のし袋の中には五十万円が入っていた。

「直樹も、俺たちのこと、多少は気にしていたか」

敏之が自嘲気味に呟いた。

「貴方、このお金、勿体無くて使えないわね」

と悦子が真顔で言った。

「いや、折角だから、直樹の気持ちを素直に受けて、旅行にでも行こうか」

「旅行って」

「新婚旅行じゃなく、旧婚旅行かな。まずは、新婚旅行代わりに一泊した小樽へ行こうよ」

敏之の言葉に悦子が頷いて笑った。敏之も笑った。そして、敏之は小樽の海を思い浮かべた。随分と長い間、敏之は小樽の海と向き合っていなかった。自分にとって、今、小樽の海は何色なのだろうか、と敏之は思った。

「貴方、やっぱり、戦争は嫌ね」

と不意に悦子が呟いた。

「そりゃそうだ」

敏之が相づちを打った。

「でも、戦争があって、貴方と一緒になれた。良かったことといえば、このことだけね」

悦子のしんみりとした口調だった。

敏之は悦子の言葉に触発されて、引揚者収容施設や引揚者住宅、父の病死、母の再婚、悦子との出会い、息子の直樹の自衛隊入隊など、敗戦によって自分が辿ってきた軌跡の数々を思い起こした。敏之にとってそれは暗く重苦しい記憶だった。今になって、なぜこれらの記憶が自分を重苦しく憂鬱にさせるのだろうか、と敏之は思い倦《あぐ》ねた。すると、敏之は戦争法案との声もある安保法案に突きあたった。安保法案と過去の記憶を重ね合わせて不安に押し潰されそうになっていた自分自身に気づいたのである。

永瀬敏之は不意に小樽の海の夢を見ることがある。夢の中で小樽の海は鮮やかなブルーに染まったり、どんよりと鈍く重苦しい鉛色に変色したり、海の色は定かではない。

変容する海の夢から目覚めて敏之は不安に駆られる。そんなとき、決まって隣には悦子が寝息を立てていた。敏之は悦子に触れてみる。悦子は柔和で温かい。敏之は微かな安らぎを覚えるのだった。

或る性心象

一

少年の家の二階には六畳ほどの屋根裏部屋があった。その家は二十坪ほどの古い木造住宅で外壁は粗末な板張で覆われていた。屋根は赤いトタン葺きの三角屋根である。屋根裏部屋はその三角屋根と外壁で囲まれた空間に造作されていた。その屋根裏部屋は納戸代わりに使用され、造作といっても壁に内張りもしていない柱や外壁の板張がむき出しになったままである。だから屋根裏部屋には外壁の節穴から外の光が細い糸のように射し込んでくることもあった。勿論その節穴から外の冷気を感じることもあった。そしてその屋根裏部屋は小窓が一個だけの薄暗い空間だった。

少年はその小窓がお気に入りだった。それで少年は学校が休みの日曜日になると、農作業が手隙《てすき》の時には屋根裏部屋に籠もって、その小窓を覗き込むのが日課となっていた。

少年は特に晴れた日が好きだった。まず青い空が目に飛び込んでくる。次に切れ切れに漂う雲を目で追う。魚、鳥、獣、虫それに花など様々に変化する雲の姿に少年は暫し心を奪われる。そしてその雲の彼方に空よりも蒼い、標高千五百メートルを超える知床連峰の山並みに目を止める。それは地平線の遙か彼方のオホーツク海に突き出た山並みの遠景である。それから少年は視線を近景に移動する。知床連峰の下方には緑の森が連なりさらに延々と畑地が続いている。そして畑地の途切れた処に龍雄の家がある。少年は小学六年生、龍雄は少年より一歳年上の中学一年生である。その龍雄の家は少年の家の隣で、百五十メートルほど離れた龍雄の家には種牡馬と牝馬が交配をする広場が隣接している。雪が解けて春になると、少年はしばしばその広場で種牡馬と牝馬が交配で重なり合っている光景に目を奪われるのだった。それはまるで影絵のような光景だった。

少年の名は神原惇《あつし》、その惇が住んでいるオホーツク地方の緑野は畑作地帯の集落である。寒村の緑野でいつも惇の目に触れるのは農耕馬の姿である。なぜなら緑野では何処の農家でも農耕馬が飼育されていたからである。その農耕馬は緑野の至る処で原野の抜根や畑地の耕作、そして農作物や山林からの丸太の運搬など、様々な労役に利用されていたのである。これらの農耕馬は殆どが牝馬である。その牝馬が春から夏にかけて発情期を迎え一斉に交配をする。そして翌年には子馬を産む。その交配用の種牡馬を龍雄の処で飼育しているのだ。

惇は龍雄の家が近かったので、時々戸外で運動している種牡馬を目にすることがあった。そのとき種牡馬には大抵、龍雄の父親が馬の背に乗って手綱を握っていた。種牡馬の毛並みは黒に近い青毛である。ピカピカに磨きあげられた種牡馬の巨体は全身が見事に黒光りしていた。一トン以上はある種牡馬は近くで見るといつも荒々しい鼻息で惇に迫って来る。種牡馬は歩む度に牝馬の倍近くにも見える逞しい体躯を揺らし周囲に恐ろしい地響きを立てた。種牡馬は手綱を目一杯に引かれているので、それに抗うかのように顎を引き頭をもたげる。そして手綱を振り解《ほど》こうと力まかせに首を振り振り、大きく目を見開いて険しい形相で小走りになるのだ。そのとき種牡馬は丸太のような前足を高々と持ち上げ後ろ足で強く地面を蹴り鬣《たてがみ》を振り乱し猛々しい姿を惇に見せつける。そんな種牡馬は惇に形容し難い恐怖心を呼び起こした。一方で惇は馬上から種牡馬を手綱一本で操る龍雄の父親に畏敬の念を抱いた。それと同時に惇は種牡馬に難なく接している龍雄に心酔していた。何故なら、惇には恐ろしくて決して近づくことさえ出来ない種牡馬に対して、龍雄がブラッシングをしたり、飼い葉を与えたり、手綱を引いたりして、日常的に種牡馬の世話をこなしていたからである。

二

惇の家では三月の末になると毎年のように子馬が生まれた。まだ凍てつく寒い季節である。子馬は夜中に生まれることが多かった。惇が父親に起こされて眠い目を擦りながら馬小屋を覗く頃には、子馬は既に生まれており、立ち上がって母馬の乳を飲んでいる。子馬が母馬の乳を飲めばもう安心である。あとは特別のことが無い限り子馬は無事に育つはずである。子馬は愛らしい。いつも母馬に甘え、ぴったりと寄り添い、鼻を鳴らし、ときには躍動感を漲らせて跳ね回る。そしてその子馬に注ぐ母馬の目はいつも潤んでいる。それにその目は何か悲しげに長い首を少し俯き加減に下げて、ひたすら労役に耐えながらいつも子馬を見守っているようだ。それは緑野に子馬たちが誕生し、その年の秋にはセリにかけられて売りさばかれ、馬肉商品として九州地方に連れて行かれる子馬たちの運命をまるで予感しているかのようでもあった。

惇はこの愛くるしい子馬が種牡馬と牝馬の交配で生まれてくることを知っていた。緑野の子馬たちが幾分逞しくなって、一挙に萌えるような若葉が緑野を覆い尽くす頃、連日、牝馬たちが龍雄の処に引かれて来るからだ。

惇は小学生の低学年の頃から何度も龍雄の処で馬の交配を目にしてきた。大概は龍雄、勝子、良介それに惇の四人が一緒になる土曜日の下校途中である。勝子は中学二年生、良介は惇と同級生の小学六年生である。土曜日に学年の異なる彼等が一緒に下校するのは、緑野が僻地のため小中学校が併設されていたせいもある。土曜日は正午に授業を終え下校する。そしてその彼等が龍雄の家の前まで来ると、いつものように勝子が足を止めて

「今日は動物観察の勉強をするのよ」

と言う。龍雄は惇たちと其処で別れて目の前の彼の家に姿を消す。惇より二歳年上

の勝子は大柄で随分大人びて見えた。それで惇と良介は何となく彼女に従うことになる。其処で三人は三十分以上も一緒になって、種牡馬と牝馬の様子を好奇心を膨らませて見物することになる。

龍雄の家は高台に立っている。その龍雄の家の前には馬の交配用の広場がある。晴れた日にはその広場から美しい知床連峰が遠くに望める。その広場で、まず最初に交配の適期を見極めるために種牡馬と牝馬を対面させるのだ。牝馬の発情がまだ不充分な場合、種牡馬と牝馬は後ろ足で馬体を支え、両前足を地面から離しバタバタとさせながら嘶《いなな》き極端な拒絶反応を示す。それでも種牡馬は興奮して牝馬に挑みかかろうとする。しかし、牝馬が完璧な発情期を迎えていれば、種牡馬は天を仰いで大きな歯をむき出して「にっ」と笑うのだ。種牡馬の体内に隠れていたペニスは牝馬と対面する前から真紅に怒張してビール瓶のように太く大きい。

交配の前に龍雄の父親が準備を整える。まず牝馬の尾っぽの根本を紐でぐるぐる巻いて束ねる。それから牝馬の二本の後ろ足を地面に埋めて立ててある短い二本の柱に幾分足を開いた格好で括り付ける。交配の際に牝馬が暴れて牝馬と種牡馬に怪我などが生じないようにするためである。種牡馬は巨大である。見た目には牝馬の二倍ほどにも見える。種牡馬は牝馬に挑む前から極度に興奮している。周囲の空気を震わすかと思うほどに荒々しく激しい息づかいである。地面に地響きを立てて蹴り歩く様はまるで猛獣そのものである。

準備が完了すると、種牡馬は並外れて大きなペニスを誇らしげに空中にばたつかせて牝馬に猛然と挑みかかる。少し小柄な牝馬ならば上にのしかかった種牡馬に一瞬押し潰されそうになる。

惇はいつも固唾を飲んでそれらの一部始終を見ていた。ときには大人たちの会話が惇たちの耳に届くこともある。

「やあ、やっぱり馬は迫力があるな、同じ体格でも牛とは別格だ」

「牛よりはあれが格別にでかいからな」

「本当にご立派、絵になるよ」

「全くだ、人間様としては、みすぼらしくて恥ずかしい」

ときには屈託のない大人たちの大きな笑い声も聞こえてきた。それに大人たちは広場を窺っている惇たちに何も言わなかった。それなのに惇は広場の傍に佇んでいる間中、何故か後ろめたさと羞恥心とが綯《な》い交《ま》ぜになった複雑な感情に襲われていた。

三

初夏の或る土曜日だった。また勝子の提案で、惇と良介の三人は下校途中に龍雄の家の前で佇んでいた。彼等の目の前で馬の交配が繰り広げられていた。惇が重なり合った馬の交配を目にしているときだった。不意に惇の体の奥底から疼くような不可解な衝動が突き上げてきた。気がつくと惇の陰部が異常に堅く熱くなっていた。惇にとって初めてのことだった。瞬間、それが何なのか惇には分からなかった。惇はただ戸惑っていた。

「さあ、帰りましょうよ」

勝子の声に惇は自分自身を取り戻した。それでもまだ惇の体内に不思議な感覚が残っていた。龍雄の家から五十メートルほど行った処に道路を挟んで反対側に良介の家がある。いつものように良介と其処で別れて惇は勝子と二人になった。二人が歩いている道路は砂利道で、周囲の畑地よりも幾らか高くなっている。道端には雑草が生い茂り、砂利道に沿って道端の雑草に隣接した畑地が延々と続いている。その砂利道は日中に丸太を積んだトラックが夥しい土煙を巻き上げて数台通過するだけである。あとは馬車と人を偶《たま》に見かけるに過ぎない田舎道である。惇は勝子の後ろを歩きながら何気なく周囲を見回した。その砂利道には惇と勝子のほか誰もいなかった。そのとき不意に、惇の前を歩いていた勝子が振り返った。

「ねえ、惇君、私、胸が痛いの」

勝子が片手で胸を押さえて言った。

「どうしたの」

「ちょっと触ってみてよ」

勝子はいきなり惇の手を掴まえて彼女の胸に押し当てた。初めて触れた勝子の胸はびっくりするほどふわっと柔らかかった。惇はどきっとした。惇は思わず手を引っ込めた。勝子の目は笑っている。

「何処か悪いのかしら」

と言って、勝子は彼女の胸を両手で覆った。それは仰々しかった。

「ふざけないで」

何故か惇の鼓動が激しく鳴っていた。

「本当に痛いの。昨日、嫌らしい奴に抱きつかれたせいかも」

また勝子の家に酔っ払いでも来たのだろうか、と惇は思った。勝子の父親は畑作のほかに馬喰《ばくろう》もしている。勝子の父親は荒馬を手懐け口先だけで名馬に仕立てて、駄馬を名馬として高く売り捌くことを自慢していた。それで何か儲け話はないか、と時々馬喰仲間が勝子の父親の処に集まってくるのだ。嫌らしい奴とはその馬喰仲間の一人なのだろう、と惇は思った。何時だったか、嫌らしい奴に体を触られ勝子が嬌声をあげて其奴を睨みつけているのを惇は思い出したのだ。

「惇君も何処か痛いんじゃない」

「痛いところなんかないよ」

「あるでしょう。私が診てあげる」

「ないってば」

惇が言い終えぬうちに、突然、勝子が惇に抱きついてきた。惇は無防備だった。それで惇は砂利道よりも低地の道端の草むらに仰向けに転がり勝子の下敷きになってしまった。勝子の体は惇より一回り以上も大きい。惇は起き上がろうとして勝子の体に抱きつく格好になった。そのとき勝子の尻に惇の手が触れた。勝子の尻はぷりぷりと弾んでいた。惇は慌てて勝子から手を振り解いた。

「嫌らしいのね、惇君も」

勝子は半分だけ体を起こして惇を睨んだ。

「罰として惇君のズボンを脱がせるから。悪いところがないか私が診察してやるよ」

勝子の言葉に惇はドキッとした。勝子は「診察」と言っては下級生のズボンを脱がせる噂があるので注意をするよう、龍雄に忠告されていたのだ。そう言えば、最近も勝子は良介のズボンを剥ぎ取って下半身に悪戯したという。勝子は良介の兄に胸や尻を掴まれた仕返しだと言っていた。

惇は勝子が執拗にズボンを脱がせようとするので嫌悪感で身震いした。必死になって勝子に抵抗した。勝子が惇のズボンのベルトに手を掛けた。

「惇君だって、大人になったら嫌らしくなるんだから。どうしてなのか診せなさいよ」

勝子が惇のズボンのベルトを外した瞬間、惇はやっと彼女から逃れることが出来た。

惇は草むらから飛び起きざまに夢中で駆け出した。ズボンにはベルトが付いていなかった。草むらに放り出した教科書の入ったバッグも置き去りにした。惇は屈辱感で一杯だった。勝子の体の感触にまだ嫌悪感が残っている。惇は駆けながら勝子の方を振り返った。勝子は追っては来なかった。惇は立ち止まって思いっ切り大声で怒鳴った。

「勝子の変態。馬鹿女」

惇が息急き切って家に飛び込むと、野良着姿の彼の母親が待ち構えていた。

「惇、あんな処で、勝ちゃんと何をしてたの」

惇は母親に見られていたとは全く思っていなかったのでどぎまぎした。

「別に何も」

惇はわざとつっけんどんに応えた。

「龍雄君の家に寄り道しては駄目よ。学校から真っ直ぐ帰って来なさい」

惇は母親の小言に返事をしなかった。

「母さんは心配なの。勝ちゃんと良介君は悪さをするから。惇は感化されたら駄目よ」

惇の母親がため息混じりに呟いた。

「しっかり者の龍雄君だったら安心なのにね」

惇は心配そうに話す母親に頑なに沈黙を続けた。

「惇、何なの、黙りこくって。惇が帰る頃と思って、母さん、待っていたのよ。ご飯を食べて、早く畑に出なさいな、芋の草取りよ」

そう言うなり、惇の母親はそのまま立ち去った。母親の指示に惇の気持が一層沈み込んだ。数町歩に及ぶ馬鈴薯畑の芋の草取りは少年の惇にとって単調で忍耐を要する労働だったからだ。

四

勝子の体に触れてから惇に異変が起きるようになった。何の前触れもなく突然陰部が硬直するのだ。学校の運動会が近づき惇は神経質になっていた。運動会の練習には短パンとランニングシャツしか身につけないからである。惇が恐れていたとおり、運動会練習の最中に、突然、彼は勃起に見舞われた。それで短パンが膨れあがり、惇はそれを隠しようもなくただ焦るばかりだった。惇は慌てて学校のトイレに駆け込んだ。膀胱に溜まった小便を排出すると下腹部の刺激が収まり彼の勃起が消失した。

そんな落ち着かない運動会も終わって惇は何時しか怠惰になっていた。惇は家の屋根裏部屋に足を運ぶことが多くなった。そして屋根裏部屋から龍雄の家の広場をこっそりと窺うようになった。遙か彼方に聳える知床連峰の青い山並みを背景に種牡馬と牝馬が一体になった影絵のような遠景に魅入り、興奮し、我を忘れた。

屋根裏部屋には様々ながらくた道具や食器、古着、古雑誌、おんぼろ寝具などが所狭しと散乱していた。惇は小窓を覗いても広場に種牡馬と牝馬の姿が見えないときは、目についた古雑誌を手に取って読み飛ばした。それらの古雑誌は彼の父親が出稼ぎに行ったときに手に入れた大衆雑誌である。彼の父親の出稼ぎ先は木材切出し現場の山奥である。雪が降り積もり畑仕事が無い冬期間、彼の父親は飯場に泊まりっきりである。出稼ぎに来て飯場に寝泊まりする仲間たちと一緒に酒が飲めない彼の父親は、古本屋で月刊誌も含め雑誌を買い込み、それを読んで飯場生活の夜を過ごしたのだ。彼の父親はそれらの雑誌を自宅に全部持ち帰ってきたのである。

惇がいつものように屋根裏部屋でそんな雑誌を眺めていたある日のことである。惇は雑誌の幾つかに強い興味をそそられた。それは惇がこれまでに見たこともない艶本だった。気がついてみるとそんな類の雑誌は何冊も埋もれていた。惇はどきどきしながらそれらの雑誌を夢中になって読み耽った。そして物語の中から特に扇情的な箇所を何度も拾い読みして興奮した。暫くの間、惇はそれらの雑誌を読み漁った。しかし、ときにはそれらの雑誌に飽きることもあった。それで惇は普段使われていない皿やら丼鉢など、箱に押し込められた雑多な食器類を手に取って眺めたりした。それらは何かの折りに近所の人々が集まって来たときに使われる食器類である。

そんなときである。惇は本当に驚いてしまった。惇は様々な食器を手に取って眺めているうちに、それらの食器の中からたまたま艶やかな女の絵が描かれている徳利を目にした。江戸時代の風俗なのだろうか。派手な着物を着て肌を露わにした女である。惇は何気なく徳利を手にして逆さまにした。その時惇は「あっ」と叫びそうになった。驚いたことに徳利の底の裏側には男女の交合の絵が描かれていたのである。瞬間、まるで馬の交配と同じだと惇は思った。同じような徳利は全部で五個もあった。惇はこれら全ての徳利をしげしげと眺め回した。姿態は異なるがそのどれにも似たような春画が描かれている。

いつの間にか惇は極度に興奮し勃起していた。そして惇はこれまで経験したことのない妙な感覚の虜になっていた。下腹部が微かに痺れるような快感が襲ったのである。惇は思わず屋根裏部屋の隅に積み上げられていた寝具にまたがって下腹部をこすりつけた。惇は自分が半ば種牡馬になったような錯覚に陥っていた。惇は目を閉じてあらぬ妄想の中で勝子を追いかけていた。勝子は体が大きい。惇にとっては半ば大人のような女である。惇は勝子が好きでもないのに何故彼女を追いかけているのだろうかと自問していた。その勝子は口を半開きにし手招きをして惇を誘いながら駆けている。惇はようやく勝子に追いついた。そして彼女に抱きついた。惇に柔らかく生々しい彼女の体の感触が甦った。惇は彼女の体に下腹部を押しつけた。惇は何度も繰り返した。突然、惇を痺れるような強烈な快感が貫いた。暫くして惇は我に返り寝具から身を起こした。下腹部が濡れているようだった。それは気色が悪い不潔な感触だった。その感触に惇は急に憂鬱になった。惇は慌てて屋根裏部屋から逃れるように飛び出した。階下には明るい陽の光が満ちていて惇の目を眩しく衝いた。強く眩しい光に照らされて惇は羞恥心と罪悪感が綯い交ぜになって混乱した。その時から屋根裏部屋は後ろめたくも我を忘れてしまう惇だけの秘密の空間となってしまった。その秘密の空間は惇にとって罪悪感そのものとなってしまった。

惇は罪悪感に満ちたその空間から逃れようと懸命になった。惇は薄暗い屋根裏部屋、徳利に描かれた男女の交合の絵柄、そして惇を襲う強烈な妄想と欲望の誘惑に負けまいと必死になって戦い続けた。それにもかかわらず惇は屋根裏部屋で淫らな妄想に囚われている自分に唖然とした。強い罪悪感が惇を打ちのめした。惇は決して屋根裏部屋には行くまいと心に誓った。それでも激しい欲望が薄暗い屋根裏部屋へと惇を誘い、結局、彼はその誘惑に抗しきれなくなってしまうのだった。それでまた惇に後悔の念が湧きあがる。そんな繰り返しの或る日、惇が屋根裏部屋から引き揚げようとして、何気なく小窓を覗き込んだ。そして思わず息を飲んだ。惇の視界の届く限り何処までも累々と白い花畑が辺りを覆い尽くしているのだ。それはいつも見慣れているはずの馬鈴薯畑だった。惇の背丈よりも数倍は高みにある二階の小窓が惇に驚きを与えたのだ。惇は眼下を埋め尽くした一面が白い花の群生に花の妖精を連想した。惇は慌てて外に飛び出した。そして馬鈴薯の花びらに魅入った。五枚の白い花びらが可憐だった。惇はいつしか馬鈴薯の花の清々しさに我を忘れていた。

そしていつしか惇の夏休みが始まっていた。もう龍雄の家の広場に種牡馬と牝馬の姿はない。夏休みの間中、惇は麦刈りや馬鈴薯の芋掘りに駆り出された。それらは全て手作業である。それも炎天下の体を酷使する農作業である。いつの間にか惇は屋根裏部屋から遠ざかっていた。ただ懸命に体力を消耗する農作業の日々を過ごすのだった。

五

惇は中学一年生になった。また緑野に春が来ていつものように子馬が誕生した。それから暫くすると例年と変わりなく龍雄の家の広場に緑野の牝馬たちが姿を見せるようになった。冬期間、ストーブの無い屋根裏部屋は凍てついて閉ざされていた。春になって屋根裏部屋にもいつしか温もりが感じられるようになっていた。そんな屋根裏部屋に惇はいつの間にか以前のように引き籠もり、小窓から種牡馬と牝馬の様子を窺うようになっていた。そして古雑誌を読み耽り、それから徳利にある男女の交合の絵を眺め自慰行為に耽った。

その後で、決まって惇は罪悪感に襲われ後悔した。同時に、惇は体の奥底から湧き上がる欲望に抗しきれず、薄暗い屋根裏部屋で過ごした自分自身を自責の念で苛むことなった。

　そんなある日の初夏を間近に控えた日曜日、午後になって惇は家の前庭に繋がれている馬の親子を眺めていた。生まれて二月ほどの子馬は母馬の周りを飛び跳ねていた。惇が無邪気で可愛い子馬の姿を楽しんでいるときである。突如、勝子の家の方から大きな喚声が聞こえてきた。惇は何事だろうかと思い声のする方に目を凝らした。勝子と良介らしい人影が見えた。惇は小走りになって勝子の家へ向かった。勝子の家に近づいたとき良介が惇の方に向かって駆けて来た。勝子は彼女の家の前で何か喚いている。良介は惇の前で足を止めた。良介は肩で「はあ、はあ」と息を弾ませながら言った。

「勝子の奴に、色狂いって言ったら、あいつ、怒ってさ」

　良介はにたにたと笑っている。嫌な笑いだった。

「色狂いって」

「近くの牧草が踏み倒されていてさ」

「それが」

「勝子が其処で誰かと、やったんじゃないかって、言ってやったんだ」

「誰かとやったって」

「勝子の奴、嫌らしいって怒り出したから、直ぐズボンを脱がせたがる、色狂いのくせにって、言ったんだ」

「訳が分からない」

惇が戸惑い気味に言った。

「まあ、俺の後について来いよ」

良介がそう言うなり惇の返事を待たずに歩き出した。砂利道を百メートルほど進んで牧草畑にさしかかったとき良介が歩みを止めた。そして惇を振り返り「にやっ」と笑って言った。

「ここだよ」

「ここって」

惇が訝しげに良介に尋ねた。

良介は惇に答えずず砂利道から牧草畑に足を踏み入れた。そして牧草畑の真ん中で歩みを止めた。目の前には大きな一本の桜の木が風にそよいでいた。

「ほら、ここだよ」

良介がそう言って畑の一隅を指さして言った。

「ここって」

と惇が言いながら良介の指さした牧草畑に視線を移した。すると、周囲一面が腰の高さまで覆い尽くしたクローバー群生の一角が無惨にも踏み倒されていた。その踏み倒された牧草畑の一隅にチリ紙や細切れになった新聞紙が散乱していた。周囲のクローバーは白い花が満開だった。それゆえ惇は踏み倒されチリ紙等が散乱したその一隅に妙な違和感を覚えた。

「勝子が男を誘って、やっているという噂さ」

良介が戸惑っている惇に勝ち誇ったように言った。

「やっているって、何なのそれ」

「何なのって、大人になると誰だって、馬の種付けと同じことをやってるじゃないか」

「そんな出鱈目《でたらめ》言うなよ」

良介の意外な言葉に惇は思わず声高になった。そのとき、屋根裏部屋で見た徳利に描かれた男女の交合の姿態が惇の脳裏を掠めた。

「お前、知らないのか。俺は夜中に親がしてるのを見たんだ」

「まさか、真っ暗で見えるはずがないよ」

「見えるよ。それに息づかいとか、蒲団の擦れる音とか、惇の親だってやっているのに、何にも知らないなんて、ああ、驚いた」

良介は惇を小馬鹿にしたように肩をすくめた。惇は良介の言うことを全く信じなかった。普通の人間が動物のような恥ずかしいことをするはずがない、と惇は思った。良介に小馬鹿にされているのだ、という思いが惇を襲った。急に怒りが込みあげてきて、惇は「良介なんか絶対に許せない」と心の中で叫んだ。瞬間、惇は不意を突いて良介に飛びかかり、両手で抱え込んだ彼の頭を傍の桜の大木に激突させた。良介は一瞬呻き声をあげてその場にうずくまった。ほんの少ししてから良介はよろよろと立ち上がり惇を睨みつけた。

「お前、何をするんだ」

「良介が酷い嘘をつくからだ」

「何で俺が嘘をつかなきゃならないんだ」

良介はそう言うなり道端に落ちていた太い木の枝を手にして惇に襲いかかってきた。惇は咄嗟に体をかわした。良介の目は怒り狂っている。惇は一瞬危ないと思い良介から逃げ出した。良介は物凄い剣幕である。惇は夢中で駆けた。すると惇の走っている方向に誰かが歩いて来た。それは龍雄だった。龍雄が両手を広げて惇と良介を遮った。

「どうした、二人ともそんな剣幕で」

龍雄の出現で良介が怯んでいる。惇は簡単にことの顚末を話した。

「それは惇が悪い。良介の言うことは本当なんだ」

龍雄の意外な言葉に惇は驚いて、一瞬、その場に呆然と立ちすくんだ。

「とにかく良介に謝れ。良介も悪いよ。突然、惇に馬鹿なことを言うから。惇が謝ったら良介もそれで許してやれ」

惇は龍雄の言葉に素直に従った。

「ごめん」

と惇は良介に頭を下げた。良介は不服そうに龍雄と惇を交互に見た。それから黙って惇と龍雄に背を向けて歩き出した。暫くしてから良介が振り返った。

「惇の馬鹿野郎ー。龍雄が何だ、偉そうに。龍雄、お前なんか種馬《たねうま》野郎のくせに」

良介は叫ぶなり、また惇たちに背を向けて一目散に駆け出した。龍雄は唇をぎゅっと噛んだまま悔しそうに良介の後ろ姿を睨みつけてた。

「良介の言うことなんか気にするな。変な奴なんだから」

惇が龍雄の気持ちを静めるように言った。

「でも、本当に腹が立つよ」

龍雄は強い口調で吐き捨てるように言った。

「種牡馬のお陰で子馬が生まれるんだ。それで緑野が賑わう。俺たちの仕事は緑野の馬物語だって、父さんが言っていた」

惇は黙って龍雄の話を聞いていた。

「惇なあ、人も動物なの。同じってこと」

「同じって」

「同じことをするってこと。そして子供が生まれ、全てがそこから始まるの」

龍雄は真顔で惇を見詰めていた。そして惇を残したままその場から立ち去っていった。

惇は龍雄の言葉を素直に受け入れていた。急に惇の気持ちが軽くなった。惇は屋根裏部屋から引きずっていた重苦しい罪悪感から解放されていることに気がついた。惇は確信した。自分の抑え難い衝動的な欲望は真っ当だったのだ。少しも恥じることはない。それはごく自然な欲望だったのだ。それどころか自分の衝動的な欲望はいつかは完全に満たされる日が訪れるのだ。その確信は惇に甘美な世界を想起させた。そして惇はまだ知り得ない未知なる悦びに思いを馳せた。そのとき、惇の視界に美しい知床連峰が飛び込んできた。瞬間、知床連峰を背景に種牡馬と牝馬が一体となった影絵のような遠景が惇に蘇った。

人も同じ行為をするのだという感慨が惇の全身をひたひたと満たした。同時に突き上げるような悦びに惇の気持ちは弾んだ。惇はふと子馬が躍動する愛らしい光景を思い起こした。

そして惇は思わず子馬のように飛び跳ね家に向かって砂利道を駆け出していた。

棲みしもの

一

　その日の朝、職員室では出勤したばかりの職員たちが朝刊の記事を巡って熱心に話し込んでいた。彼等は高校の教師である。その記事は日本革命党の名誉議長の不名誉な報道だった。彼は百歳にもなる長老である。その彼がスターリン支配下のソ連亡命中に、彼と同様に日本からソ連に亡命していた複数の同志を反革命分子として、ソ連当局に虚偽の密告を行い、彼等を処刑に追いやり死に至らしめた、というのである。

「以前から週刊誌で取り沙汰されていたが、まさか彼が同志を裏切ることによって、ソ連で生き延びてきたとは驚きだ」

「全くだ、彼は清貧で、献身的で、温厚で、誠実な革命家のシンボルだったからな」

「しかし、ソ連が崩壊して公文書が公開され明らかになった真相だから、これは否定しようもない」

　公立高校の労組活動では労組員間に政党支持に関する論争がある。だから政党の要人の不祥事に関する記事は彼等の労組活動に微妙な影響を与えることになる。それで彼等の話もつい熱を帯びるのだった。冬木道夫はそんな同僚たちの話を黙って聞いていた。

「冬木先生、あなたの感想は」

「感想」

同僚から不意に声をかけられた冬木は戸惑いながら聞き返した。

「冬木先生、党派は別として、彼のシンパでしょう」

「まあ」

と冬木は口ごもった。冬木は同僚たちの話を聞きながら平静を装っていたが、実は朝刊の記事に衝撃を受けていたのだった。なぜなら、冬木はその名誉議長に信頼を寄せていたからだ。彼の誠実で温厚そのものの風貌が魅力的だった。何よりも彼が戦前から反戦を貫き革命家として真摯に戦い続けてきたことに、冬木は共感を抱いていたのだった。ところがその彼が実はソ連のスターリンの手先となって、ソ連に亡命していた彼の同志を裏切っていた、というのである。冬木は俄《にわか》に彼の卑劣な行動を信じることが出来なかった。冬木はその報道に接し、彼はなぜ非人間的な裏切り行為に及び、戦後も偽善の仮面を被り続けてきたのだろうか、と様々に思い巡らしていたのである。

「ちょっと、失礼」

と冬木は言って席を外し職員室を出た。考え倦んでいた冬木は息苦しくなったのだ。職員室を出た廊下の一隅には壁にはめ込まれた姿見がある。冬木は何気なくその大型の鏡に視線を投げた。鏡には雪が舞っている窓外の景色が映っていた。それは札幌郊外の寒々とした原野である。そして鏡にはその冬景色の前面に男の姿があった。それは冬木自身である。生真面目そうな中年男である。鏡を眺めていた冬木は何処かで見たような光景だと思った。瞬間、冬木は愕然とした。その鏡の中の男に偽善的な自分自身を直感したからである。それは卑劣な贋革命家と同質のものである。冬木の内部で善良であるはずの自分自身が脆くも崩れようとしていた。それは冬木が少年だったときの忌まわしい自分自身の瞬間が鏡の中に蘇ったからである。

二

冬木道夫が小学五年生のときだった。その頃、道夫の学校では毎年十一月下旬になると学芸会が行われた。十一月下旬といえば、畑地はオホーツク海の風が運ぶ雪で覆われ、農作業もほぼ終わっている。それで学芸会には生徒たちの父兄が観客として参加した。そしてその学芸会開催の三日前から生徒たちの総練習が行われた。総練習は午後の授業を割いて行う。学校は小中学校併置の全校生徒が八十人足らずの僻地校である。そのため学芸会は小中学校合同で行われた。学校には体育館が無かったので、生徒たちは総練習の度に、普段は教室と教室を隔てている中仕切りの戸板を取り外し、机や椅子を廊下に運び出して会場を設営した。そのため、その日の総練習が終わると、また取り外した戸板をはめて、机や椅子を教室の元の位置に戻し通常の授業が出来るようにしなければならなかった。それらは生徒たちにとって面倒で飽き飽きする作業だった。

学芸会の総練習は学年毎に演劇、合唱、舞踊などが担任教師の指導のもとに繰り返される。生徒たちは自分の練習の出番以外は観客となって、臨時につくられた舞台の下方で教室の床に座って、他学年の練習を見ていなければならない。それで学芸会の総練習も三日目の最終日になると、生徒たちにはその内容が全て手に取るように分かるのである。

その総練習の最終日だった。冬木道夫は自分たちの演劇の出番が終わって、舞台から観客席に戻り板間の床にべたっと胡坐《あぐら》をかいて座り込んだ。そのとき既に道夫は他学年の練習を観覧することに飽き飽きしていた。六年生の合唱が始まった。道夫には合唱とか舞踊がつまらなく苛々する気持ちを辛うじて抑え込んでいた。道夫が込み上げて来る生欠伸を噛み殺したときだった。道夫の横に座っていた直也が道夫の脇腹を肘で突いて、床を指さし「にやっ」と笑った。驚いたことに直也の目の前の床には「カミ」と彫り込みが入れられていた。

「神永先生のカミさ」

道夫は思わず直也をまじまじと見た。神永先生はスパルタ教師で生徒たちから恐れられているのだ。

「おい、この床はびっくりするほど柔らかいぜ。爪を立ててみな」

直也の言葉につられて道夫は思わず床に手の爪を立ててしまった。直也の言うとおりだった。爪は簡単にざくっと床に刺さり込んだ。

「この床は青木だよ」

「アオトドマツ」

「うん、だから柔らかいのさ」

何の抵抗もなく道夫も「マツ」と爪で床に彫り込みを入れた。神永先生は間もなく松本先生と結婚するという。その松本先生の名前である。たった今、彫り込まれたばかりの「カミ」と「マツ」の文字は褐色の床の中で白く浮き出ていた。教室の床は毎日生徒たちによって油雑巾で磨きあげられ褐色になっていたのである。

学芸会の総練習がやっと終わった。いよいよ明日は本番である。教頭の号令で生徒たちは座っていた床から一斉に立ち上がり整列した。教頭から明日の学芸会に関する最終的な注意事項が述べられた。生徒たちが解散となるはずだった。しかし、教頭の話が終わるなり神永先生が大声で直也の名を呼び最前列へ来るように言った。一瞬、直也は不安そうに道夫をちらっと見て神永先生の方に歩いて行った。整列している全校生徒たちの最前列に歩み出た直也は生徒たちに背を向けて神永先生の前に怖ず怖ずとした様子で立った。

「直也、おまえ、なぜここに呼び出されたか分かるか」

ピリピリと教室中に響き渡る神永先生の怒声だった。直也は返答に窮しているのか項垂れて黙っている。一瞬の静寂の後、神永先生はいきなり直也の耳を片手で掴んで引っ張った。不意を突かれた直也がよろめいた。すると神永先生は直也の耳を掴んだまま道夫たち五年生が整列している列の中に割り込んで来て床を指さした。

「直也、おまえがやったんだろう。先生は見ていたんだ」

道夫は愕然とした。神永先生が指し示した床の傷は直也と道夫が悪戯したものだった。直也は言葉を失って目を伏せている。すると神永先生がやにわに直也の顔を両手で挟みつけてぐいと持ち上げた。その途端いとも簡単に直也の全身は床を離れて宙づりとなった。全校生徒が驚きの眼差しで見詰めている中で、直也は神永先生の強烈な足払いを食らい、彼の体はもんどり打って床に叩きつけられ「どすん」と鈍い音をたてた。直也は直ぐに床に両手をついてよろよろと懸命に立ち上がり辛うじて直立不動の姿勢を取った。直也の目は恐怖で大きく見開いている。道夫は混乱する意識の中で自問自答していた。……どうして直也の悪戯だけが見つかってしまったのだろうか。それに床に傷をつけたのは直也と自分の二人だったのだ……。道夫は直也が全校生徒の前に呼び出された神永先生に叱責を受けた瞬間、「僕も床に傷をつけました」と叫ぼうとした。しかし、直也が見舞われている激しい体罰を目の前にして、道夫は震えあがり足が竦《すく》み凍りついてしまったのだ。それでも道夫は気を取り直して何度か自分の悪戯を進んで告白しようとした。だが、神永先生の恐ろしい怒声の前で道夫はただ惨めに怯んでしまったのだ。

「学芸会の総練習を何と心得ている。大事な教室の床に悪戯をするとは」

今度は往復びんたが直也に飛んだ。緊張感で張りつめた生徒たちの眼前で直也の頬が派手な音を立てて鳴った。彼は倒れそうになるのを辛うじて耐えている。血の気が引いた彼の顔は紙のように白い。それでも彼は泣いてはいなかった。ただ無抵抗のままに神永先生の体罰の嵐が通り過ぎるのをじっと耐えているようだった。

神永先生は運動が得意で陸上競技や球技など何でも俊敏にこなす。体躯は筋肉で引き締まり逞しい。それに視線はいつも鋭く、地声が大きく快活だ。生徒たちから慕われている反面、生徒たちを容赦なく叱り飛ばすので怖がられてもいる。道夫はそんな神永先生を尊敬していたので、今、自ら犯した悪戯をこの場で告白すれば、直也と同じように激しい体罰を受けたとしても、それは一時的なことで、あとは何のしこりもなく許してくれるだろう、と思った。それでも、恐ろしい形相の神永先生を目の前にして、道夫の全身は震えだし身も心も縮みあがっていたのである。道夫は張り裂けそうな緊張感に襲われていた。そんな道夫をさらに追いつめるかのような神永先生の怒声が轟きわたる。遂に直也は神永先生の鉄拳を食らって床にうずくまってしまった。ようやく神永先生が直也を体罰から解放した。そして全校生徒たちが解散となった。直也は神永先生に促されて職員室に連れられていった。生徒たちは直ぐに教室の間仕切りの戸をはめ込み机や椅子を運び入れた。後片付けが終わると生徒たちはそれぞれ自分たちの教室に戻って行った。

冬木道夫はクラスの皆と一緒に教室に戻った。直ぐに道夫は自分の席に座ったが、まだ動悸が治まらず落ち着きを失ったままだった。間もなく直也が教室に姿を現し道夫の方に真っ直ぐやって来た。道夫は思わず直也から目をそらした。

「神永先生が呼んでいる。職員室で待っている」

直也が道夫を直視し強い口調で言った。道夫は思わず「ああ」と掠れた声で返事をした。道夫の頭の中は真っ白になった。道夫が教室から暖房のない寒々とした廊下に出た瞬間、彼は思わず身震いをした。道夫は職員室の戸をそっと開けて
「冬木道夫です」

と小声で言った。職員室にいた教師たちが一斉に道夫の方を見た。思いがけず神永先生が笑顔で道夫を手招きした。道夫は慌ててお辞儀をして神永先生の机の前に立った。

「やあ、わざわざ呼び出して済まんな。早速だが、直也が道夫君も床に悪戯書きをし

たと言うんでね。本当かね」

「先生、それは何かの間違いです。僕は何もしていません」

道夫は即座に応えた。神永先生は穏やかな笑顔で頷いた。意外にもそれ以上、神永先生からは追及する気配が無かった。道夫は反射的に笑顔で返答した自分自身に内心驚いていた。「そうだろうな、あんな馬鹿なこと、道夫君がするはずがないものな。ご苦労さん」

神永先生はあっさりと道夫の返答を受け入れてくれた。そのとき、既に道夫の動悸は消えていた。神永先生の許しを得て道夫は晴れ晴れした気分で急いで教室に戻った。しかし、教室にはもう誰も残ってはいなかった。

三

学芸会が終わって二週間ほどが過ぎ、いつしか十二月になっていた。冬木道夫は学芸会の総練習のときに直也だけが神永先生からこっぴどい体罰を受けた出来事をすっかり忘れていた。しかし、道夫がたまたま放課後の掃除当番で隣の席の久男と二人きりになったときである。

「道夫君、直也のこと知っている」

と久男が小声で道夫に話しかけてきた。

「なんのこと……」

突然、直也の名前を耳にした道夫は「どきっ」として聞き返した。

「直也が言ってるよ。道夫君も床に傷をつけて悪戯したって。本当なの」

久男が言い終えぬうちに道夫は思わず咳き込んでしまった。不覚にも唾液が気管支の方に入ってしまったのだ。

「まさか、僕はやっていないよ」

咳き込みながら道夫はやっとの思いで言った。

「でも、直也はクラスの皆に、言い触らしているよ」

「分かった。それじゃ、明日のホームルームで、このことを取りあげてもらうよ」

道夫は強い口調で久男にきっぱりと言った。そのとき道夫は何の疑いもなく、神永先生が信じてくれたように、クラスの全員が自分のことを信じてくれるものと思った。そして道夫はあれこれと思いを巡らせた。このままでは自分は嘘つきの臆病者になってしまう。自分はクラス全員の十二人から選ばれた級長なのだ。勉強も運動もクラス一番で、何よりも自分は真面目な優等生だ。だから直也が振りまく火の粉は完璧に消し去る必要があるのだ。まして直也は裕福な家の一人っ子のためか、我が儘でクラスの皆から余り好かれていないのだ。運動が得意で喧嘩も強いが、それだって自分の方が勝っている。何よりも直也は勉強が苦手で時々自分が教えているのだ。だから自分が直也に負けるはずがないのだ……と確信したのだった。

翌日の放課後、道夫は直也の言動についてホームルームの議題とするよう、クラス担任の山田先生に申し入れた。山田先生は若くて温厚な男性教師である。山田先生の指名により久男が議長になった。最初に道夫が発言した。

「学芸会の総練習のとき、直也君が神永先生に叱られました。しかし、その後で直也君が僕も同じ悪戯をした、とクラスの皆に言い触らしています。僕はやっていません。直也君に発言を取り消してもらいたいです」

発言中の道夫に向けている直也の視線は挑戦的だった。道夫の発言が終わると同時に勢いよく直也は手を挙げて議長の久男に発言を求めた。

「僕が先に床に傷をつけたけれど、道夫君も僕と一緒に悪戯をしたんじゃないか。道夫君は床に傷をつけたくせに嘘を言っている」

直也は道夫を睨みつけながら声高に言い放った。道夫は即座に反論した。

「直也君こそ嘘をついてる。直也君は神永先生にも嘘の告げ口をしました。でも、神永先生はやっていないと言う僕のことを信じてくれました」

道夫の一言でクラスの皆が道夫の言い分に賛同するようなざわめきが起きた。直也は授業中騒々しくして山田先生から注意を受けたり、気にくわないことがあると平気で女子生徒に唾を吐きかけたりするので、クラスの皆の信用が余りないのだ。直也がいくら道夫の言い分を否定してもクラスの皆は道夫の味方に傾いていた。それでも執拗に直也は引き下がらず道夫を攻撃した。それに負けず道夫も毅然として自分の潔白を繰り返し主張した。そんな堂々巡りが小一時間ほど繰り返されたときだった。思いがけず、孝史が議長の久男に発言を求めたのである。

「道夫君は直也君と一緒に床に傷をつけていました」

孝史の言葉に道夫は一瞬自分の耳を疑った。孝史はクラスで一番大人しくて道夫とは友達関係にあった。学芸会の総練習のとき孝史は道夫の隣にいた。だからその時の状況は十分知っている。だが、急になぜ孝史が道夫を攻撃することになったのか、道夫には全く分からなかった。孝史は直也に時々虐めに遭って道夫が助けることもあるのだ。道夫は不意打ちを食らって一瞬たじろいだ。それでも道夫は何とか踏みとどまって自分の潔白を繰り返した。何となく形勢が微妙に変化しつつあるのを道夫は感じ取っていた。直也と道夫の形勢は五分と五分になった。ところが今度は学芸会の総練習のとき直也の隣にいた正男が直也の主張を援護した。その時点から道夫の立場は圧倒的に不利になってしまった。だが、道夫は怯まず必死になって抵抗した。道夫は直也が孝史を脅したり、正男にキャラメルなどを与えて味方につけたのではないか、と主張した。とうとう時間切れになって結論は翌日に持ち越されることになった。その間、山田先生はじっと目を瞑って道夫と直也のやり取りを静かに聞いていた。山田先生は一言も発しなかった。

ホームルームが終わるなり、クラスの皆は待ちかねたように教室を飛び出して行った。道夫は教室に取り残され一人で下校することになってしまった。

家路は二キロほどである。雪が積もり始めたばかりの凍てついた田舎道を道夫はとぼとぼと歩いた。夕暮れの通学路は鉄路の軌道のように平行な二本の馬橇の跡と、その真ん中についた馬の蹄鉄の足跡が何処までも続いていた。途中、雪が舞って寒風が吹きつけた。道夫の体は小刻みに震えだした。震えながら道夫はホームルームの予想外の展開に困惑していた。家路に向かう足取りも重かった。家に着いたときには薄暗くなっていた。帰りが遅くなった道夫を母の時枝が心配して待っていた。その日、道夫の父は集落の集まりに出掛けていてまだ帰っていなかった。道夫は「風邪を引いた」と母の時枝に告げて夕食も取らずそのまま布団に潜り込んだ。道夫の家は小さな古い木造住宅である。茶の間の隣が八畳間の寝室で、その八畳間に道夫と彼の両親の三人全員が寝起きしていた。道夫はその八畳間で電気もつけずに布団を頭から被って横になった。すると道夫は真っ暗闇の中で目が冴え混乱し、わけの分からない恐怖に襲われた。道夫はいつしか蒲団の中で声を殺して泣いていた。

「道夫、道夫」

突如、時枝の呼ぶ声がして頭から被った蒲団の中に明かりが射し込んだ。時枝が部屋の電気をつけたのだ。道夫はびっくりして反射的に起きあがった。

「どうしたの、何を泣いているの」

驚いている時枝の顔が道夫の目の前にあった。勝ち気そうな時枝の目はいつも何かを見据えているようだ。時枝は風邪を引いたという道夫に風邪薬と急ごしらえのお粥を持ってきたのだ。道夫は堰を切ったかのようにその日のホームルームのあらましを時枝に話した。そして道夫は絶対に自分は潔白だ、と強く主張した。

「道夫、絶対負けたら駄目よ。母さんがついているから、大丈夫」

時枝がきっぱりと言い切った。

「道夫は潔白なんだから、安心しなさい」

道夫は時枝に訴え、時枝の励ましを受けているうちに、本当に自分は完全に潔白で一点のやましいことも無い、と思い込むようになっていた。

道夫は時枝が持ってきたお粥を食べて風邪薬を飲み、また蒲団に潜り込んだ。道夫が一人になると再び不安感が彼を襲った。充満する不安感に苛まれながら道夫はまんじりともしない夜を明かした。明け方になってから少し寝たのだろうか、と道夫は思った。頭の芯がじんじんしていた。それでも道夫は冷たい水で顔を洗い朝食を取り外に出て強い光を浴びるとはっきりと目覚めた。……学校を休むことは許されない。それは自ら敗北を認めることである。敗北を認めたならば自分は学校での居場所を失ってしまう……。そう思った道夫は残された道はただ一つ、自分の潔白を主張して戦い続けることである、と自分に言い聞かせた。

「父さんには内緒よ。頑張って。母さんがついているから」

登校のとき時枝がにっこり笑って、玄関先で手を振り道夫を送り出してくれた。

冬木道夫は一人黙々と学校に向かった。その道すがら、ふと孝史の顔を思い浮かべ、そして思った。……それにしてもなぜ孝史は直也の味方をしたのだろうか。正男は直也の子分だから仕方がないとしても、孝史はことある毎に直也に虐められ彼を避けていたはずなのだ。もしかして、やはり孝史は直也に本当に脅かされていたのかもしれない。きっとそうに違いない。昨日と同じように、このことを強くクラスの皆に訴えよう。それに自分が床を傷つけたという証拠は何一つとして無いのだ。否、自分は何もやっていないのだ。神永先生も母も信じてくれたことが何よりの証拠なのだ……。

道夫は様々に思い巡らせているうちに、いつの間にか強い気持ちを取り戻していた。

道夫が教室に入った瞬間、彼はクラスの様子が何となくいつもと違いよそよそしく思えた。しかし、道夫は何事もなかったかのように毅然と胸を張っていた。ホームルームはいつも放課後に行われていたが、直也が緊急提案をした。一時間目の国語の時間を割いてホームルームを行うよう山田先生に訴えたのだ。直也は道夫を見て勝ち誇ったように口元に薄ら笑いを浮かべていた。道夫は覚悟を決めていた。「来るなら来い」と道夫は思って、直也の視線をはじき返した。しかし、そのとき意外にも山田先生は直也の申し出をきっぱりとした口調で拒絶した。

「この一件はもう終わりにします。今後、ホームルームで一切このことを取りあげません」

生徒たちは怪訝そうに山田先生を凝視した。

「山田先生、どうしてですか」

直也が不満そうに尋ねた。

「今回のことは神永先生から直也君が罰を受けたとき、先生をはじめクラスの全員が苦しみました。それで全てが終わりです。それに先生は直也君も道夫君も信じたいと思います。だから討論はもう行う必要が無いのです」

あっけない幕切れであった。道夫は張りつめていた気持ちが急に緩んで軽くなるのを覚えた。

帰り道、道夫の足取りは軽やかだった。家へ着くなり時枝が笑顔で道夫を迎えた。

「道夫、どうだった」

「無事に解決したよ」

「それは良かった。実はね、今朝早く、母さんが山田先生に直談判に行ったのさ。道夫が嘘を言うはずがないって」
道夫は驚いて時枝を見詰めた。時枝は平然としている。道夫が思ってもみなかった時枝の行動だった。

その後この出来事は誰からも取りあげられることは無かった。だが、二ヶ月ほど過ぎた頃に道夫を排除して、直也がリーダーとなりクラスの男子でグループを結成された。しかし、少数ではあるが直也のグループに入らない者もいた。孝史もその一人だった。そんな状況は半年ほども続いたが道夫は怯むことなく平然としていた。それは孤独で憂鬱な日々であった。それに道夫はその出来事から数年経た後も、何かの拍子に直也や孝史そして正男と二人きりで相対したとき、彼等の面前で不意に訳もなく尋常ではない動揺に襲われることがあった。

四

冬木道夫が四十歳のときである。冬木は新聞の死亡欄で山田先生の訃報を知った。山田先生の葬儀は網走市内で行われるという。そのとき札幌で勤務していた冬木は葬儀の出欠をどうすべきか逡巡していた。札幌から網走が遠いこともあったが、それにも増して冬木は様々な思いに囚われ不安に駆られたのである。……同級生の多くは網走市の近郊にいる。だから葬儀会場では同級生たちと顔を合わせることになる。通夜には山田先生を偲んで昔の想い出話もするだろう。話が弾み小学五年生だったときのホームルームの一件に話題が及ぶかも知れない。そのとき自分は平然としてあの床に悪戯した一件を否定することになるのだろうか。なぜ否定するのか。今、他者に悪戯を認めたら、自分そのものが否定され崩壊してしまう恐れからか。つまりは保身のためなのか。否、自他ともに欺き通して善良なる自己を演じ切り、自分自身が永遠に善良であることを希求しているのだろうか。つまりはあのときの自分自身を極秘のうちに抹殺してしまいたいのか。いずれにしても、多分、同級生たちは堅実な自分のことを信じるはずだ……。冬木の思いは取留めもなく続いた。いつしか冬木は無意識のうちに卑劣な革命家と自分を重ね合わせていた。嫌悪感が冬木を襲った。

結局、冬木は山田先生の葬儀に出席した。通夜には当時の同級生の半数ほどが来ていた。やはり直也も通夜に来ていた。

「やあ、久し振り」

冬木はさりげなく直也に声をかけた。直也は俯き加減に冬木を見て弱々しい笑みを返してきた。

「道夫君、高校の先生になったんだって」

「まあ」

「凄いじゃないか、大学卒業するの大変だったじゃない」

「なに、高校も大学も夜間生だったから」

冬木はことも無げに応えた。直也はタクシードライバーだという。それから冬木が気にかけていた孝史は通夜に来ていなかった。彼は所在が不明だった。同級生の殆どはオホーツク地方で暮らしている。だから転勤で道内各地を異動している冬木が彼等に会うのは久し振りである。それで同級生たちは冬木を囲んであれこれと会話が弾むのだった。冬木にとって幸いなことに、直也はあの一件を完全に忘れているようだった。それに直也ばかりか同級生の誰もがあの一件に触れることは無かった。

山田先生の通夜を終えて冬木は一人でホテルに向かっていた。急に彼は張りつめていた気持ちが弛緩して激しい疲労感を覚えた。雪がちらついて頬を刺すようなオホーツクの海風が冷たく痛かった。ふと、冬木はホームルームで傷ついた少年の日を思い浮かべた。あの日、冬木は雪が舞う寒風の中を震えながら家路に向かっていた。それは冬木の体を寒風が通り抜けるような空疎な記憶だった。冬木は「あのときと同じだ」と思わず呟いた。突如、冬木は不思議な困惑に陥った。自分にあの少年の一瞬が蘇ったのだ、と心の中で叫んだ。たった今の自分にあの卑劣な少年の瞬間が融合する、一体、真実なる自分自身は何者なのか、と冬木は途方もない混乱の淵に立ち竦んだ。

著者プロフィール
野上 勇一（のがみ ゆういち）

本名、藤原勇一
1942年、樺太で生まれる
1966年、立命館大学法学部二部卒業
1966～2002年、北海道職員として勤務

〈著書〉
『北辺の地の点描 四つの物語』（2020年、文芸社）

北辺の地の点描Ⅱ 七つの物語

2023年５月15日 初版第１刷発行

著 者 野上 勇一
発行者 瓜谷 綱延
発行所 株式会社文芸社
〒160-0022 東京都新宿区新宿1－10－1
電話 03-5369-3060（代表）
03-5369-2299（販売）

印刷所 株式会社晃陽社

ISBN978-4-286-30055-9